INK
文學叢書
103

像一盒巧克力——當代文學文化評論

范銘如◎著

目錄

輯二

輯三

序

電影《阿甘正傳》裡有一句名言，「人生就像一盒巧克力，你永遠不知道會拿到哪一顆。」書也一樣。你無法完全預期會看到什麼樣的內容、打開什麼樣的人生。

從業餘的讀書人成爲教書匠，書可說是從我的零食變成了主食，生活裡總少不了它。吃多了嫌膩，但一顆絕妙的巧克力入口，絕對能讓人精神亢奮、心緒起伏。上癮了這麼多年，雖然稱不上什麼專家、達人，多少有些心得分享。

收入本書的文章是近五年來對於上市新書與文化現象的評論或序文。儘管力求客觀，難脫一家之言。我只能試圖在作家歷年創作、（次）文類史、同代潮流、藝術造詣等脈絡中推敲出一個適當的評價位置。篇幅雖有限，每一篇析論都是智性與感性交鋒中的挑戰。由於我自己的學術論文都是鎖定特定主題式的研究綜論，鮮少處理單一作家及作品，書評因此得以補充以往深感興味卻無暇涵蓋的範疇。對我而言，它們不單是個人學術研究的大眾版、普及版，更是閱讀興趣的延伸補遺。抱歉的是，入口雖是滋味盎然的巧克力，我吐出來的評介未必是甜言蜜語。每次「造口業」的時候，從下筆、交稿至刊登，心裡都輾轉著許多掙扎，尤其是對我自己也相當欣賞的作家。以文會友豈非樂事一樁？但如果交友的條件是不得批評，那交流的意義也大打折扣了。

這些篇章的完成，我必須誠摯地對常向我邀稿的編輯們致謝。包括《聯合報》讀書人版的蘇偉貞，《中國時報》開卷版的李金蓮、周月英，《聯合文學》雜誌的前後任主編周昭斐、許榮哲，自由副刊的蔡淑華，〈中央副刊〉的王盛弘，以及《文訊》、九歌、正中、《印刻》、《誠品好讀》的主編們。「讀書人」與「開卷」兩報的主編不僅常餵食我巧克力，還要一再包容我品嘗過後的挑嘴、咂舌，甚至大放厥詞，卻從來未修改過我的論點或施予任何的壓力。她們給予評論者的尊重與書寫空間，鼓勵我持續保有對書評的信心與熱情。初安民先生與江一鯉小姐的協助是拙著得以問世的主因。若非初先生的邀稿，我還提不起勇氣將這些零散的閱讀意見定案。

這幾年來，文化出版產業大幅萎縮，不管在學界及藝文界的聚會中常常聽到憂慮的聲音。與此同時，我卻看到新舊作家與出版社不斷地推出新作、編輯們努力想讓好的作品不在書市裡埋沒、連一向被指責爲不愛讀書的年輕讀者，如我的學生世代們，其實還是蠻認眞在看書。疾風知勁草，不管文學是否已成小眾，我對下一顆巧克力依然抱著樂觀的期待。

輯一

原鄉的追尋與幻滅

——評李渝《金絲猿的故事》

在現代主義已被後現代主義取代多年之後，李渝的《金絲猿的故事》繼王文興《背海的人》下集，再度頑強地延續台灣現代主義的命脈。尤其在當年的現代主義健將們紛紛改絃易轍之際，曾經銷聲多年的李渝反倒後勁十足，克服創作及生活上的低潮，於去年發表《應答的鄉岸》後又推出新作。眞是一件令人驚喜快慰的事。

《金絲猿的故事》是由七個長短不一的篇章貫串起來的長篇小說。有的是結構完整、獨立成章的短篇小說，如〈梔子花〉和〈望穿惘川〉；有的則寥寥兩三頁似散文隨筆如〈春雨〉、〈歡宴〉。小說時間橫跨半個世紀，以〈梔子花〉和〈望穿惘川〉兩篇撐持敘述主軸。前一篇寫的是非常現代主義、伊底帕斯式的悲劇。敘述大陸來台的將軍，娶了一位貌似他前妻的少女，生下一女，建立起幸福美滿的家庭。在溫州街的花園別墅裡，在替身夫人的身影裡，將軍完成與遺棄他的第一任妻子來不及實現的青春美夢。不料舊事重演，秀婉的妻子拋家棄女，與年輕情夫私奔潛逃。而這位年輕的情夫，正是將軍與前妻的獨生子。後一篇的情節較爲單純，描述去美多年的將軍之女，爲完成父親遺願，返台將父親骨灰帶回大陸。在幾番迷路與探詢之後，終於找到將軍一生心魂牽縈的臨莊，目睹傳說中靈獸——金絲猿的家園。

在世紀末氛圍重新現身的現代主義小說，彷彿帶著一股濃厚的懷舊氣息。李渝小說裡鍾愛的六〇年代溫州街，又再一次以原鄉的姿態出現在《金絲猿的故事》裡的前半部。李渝日益成熟詭奇的敘述技巧飾以瑰麗的詞藻，居然將素享「不好看」惡名的現代主義小說改造得引人入勝，兼具藝術性與故事性，著實是達成不可能的任務。然而即使刻意包裹上一層時代的光暈，隔著三十年的辛苦路望回看，未免淒涼。溫州街上第一則原鄉神話以妻離子散、頹屋荒園收場，宣告幻滅。

幻滅，往往是另一重追尋的開始。故事的第二部分將時空挪移，追溯五十年前將軍的原鄉，也是整部敘述眞正的起源與核心。李渝運用類似魔幻寫實的技法，將女兒隨獵戶追捕金絲猿的過程與將軍當年的狩獵、征戰並置。女兒最終發現，原來將軍「英勇」

殲滅的「匪軍」，只是入山朝聖的鄉民。李渝抽象性的都會敘述筆觸，在描寫史詩般蠻荒殺戮的原始場面時，雖然有些氣弱、單薄，但是小說的政治寓意到此呼之欲出。我們恍悟，第一則原鄉的破滅，早在半世紀前就已決定。沾滿血腥罪孽的將軍，注定是不配擁有任何屬靈的生物。所以從他年輕時的獵物金絲猿，到前後兩任妻子、兒子，都必須離他求生。

當做全書精神象徵的金絲猿究竟所指為何？根據作者的序言，金絲猿是世界第一類珍異瀕絕的動物，溫和群居、友愛同類、保護幼小。這種似人而優於人的靈長類，在小說中正暗喻為菁英中的菁英、不見容凡夫俗子的秀異人士。「據說瀕臨滅種的動植物都屬高等動物，長期依靠特殊飲食和生態環境生存，被社會排斥，忍受著逆境，卻又堅持活下去，所以可以被視為頑抗命運的象徵」。容得下金絲猿的所在，自然不在溫州街、不在紐約，甚至不在川貴雲藏，只能在那心中的森林，寓言的家園。

世紀末的老靈魂彷彿特別多。從台北的都市廢墟到大陸的東北、西南鄉野，都有漂泊的老靈魂在記憶、想像中尋覓、建構理想中的原鄉。明知徵逐肇始於匱乏，終結於（再）失落，追憶似水年華的呼聲總是不絕於耳。且讓我們仿照全書結構，先跳開《金絲猿的故事》這一則原鄉，追溯回李渝小說創作的起始《溫州街的故事》裡的第一篇

〈夜煦〉。故事裡由台赴美的代表，象徵童眞美好的靈屬生物是，在紅樓戲院裡博得滿堂采的，平劇紅伶。這位眞實生活中有所本的國際名伶，幾年前也曾出版自傳呢。走出別人虛構的世界，自敘在眾人眼裡充滿傳奇神祕的人生經歷時，書名竟是——休戀逝水！

眞實與虛構的對照，豈不更令人唏噓！

二〇〇〇年十月二十三日《聯合報》讀書人版

李渝。《金絲猿的故事》。聯合文學，二〇〇〇年。

生活者的相片剪貼簿

——評夏祖麗《從城南走來——林海音傳》

夏祖麗的《林海音傳》引領我們認識林海音的大半生，有如目睹台灣人在中國現代史裡成長、遷徙、發展的縮影。客閩通婚下的林海音，加上庶出，從血緣上即注定了是邊緣的身分。她特殊的成長背景——生於日本、撫於台灣、長於北京、壯於台灣，堪稱是邊緣族群的一頁遷移史。也是正由於身分上的被貶抑，促成她一生勤奮、「力爭上游」維護自尊；不純粹的身分驅使她特別致力於落地生根，融入當地，獲得他者的認同與肯定。難能可貴的是，弱勢位置培養出林海音體制外的自由精神與包容力，讓她即使晉身主流也不忘伸出援手，推動多元文學的搖籃。林海音以自身做了調和近代社會裡族群與性別身分的示範，爲不同的意識型態論述搭建起溝通共存的橋樑。

夏祖麗的執筆作傳，無疑是品質保證的戳記。夏祖麗採訪人物的經歷豐富，其中以《她們的世界——當代中國女作家及作品》最具代表意義；篇篇生動地掌握作家面貌與其創作風格，不僅是人物訪談文章的佳作，更留下文學史上非常保貴的紀錄。由夏祖麗撰寫她最熟悉的母親，自然較他人更爲細膩深刻，其精采不在話下。尤其關於林海音童年至戰後回台灣之前的家庭生活史，多是前所未記珍貴的第一手資料，對將來有志研究林海音的學人貢獻可期。

女兒爲母親作傳自然也有一定的局限。儘管作者力求客觀公允，總是難掩孺慕之情，敘述觀點不時囿限在女兒的視角。於是在大量的篇幅裡，我們看到的是一個幸福甜蜜的家庭倫理圖，夫妻恩愛、敬長慈幼，穿梭其間的是一名能幹、忙碌、奉獻，無怨無倦的（文學）母親。家庭、事業井然有序，親情、友情面面俱到。她的職業與家庭身分如水乳交融般完美契合，她在公領域的職務與私領域的活動永遠在她家的客廳溫馨地交會，她做出一道道佳餚猶如出版一本本好書……敘述裡的林海音就像一幀幀照片中展示的形象，一逕雍容得體、笑臉迎人。大家眼中的林海音本來就有這些光暈，夏祖麗的描述似乎更落實、見證外界的印象。林海音的個性既是直爽急躁，豈會是全無火氣之人？更何況日日置身於家務、公務的繁瑣壓力之下？讀者也許更希望見識一位眞實有稜角的林海音，甚於平面的典範。漂亮，卻不夠溫度。

林海音的後半生與台灣文壇息息相關，不論在創作編輯或出版的活動上。說她的經歷是台灣文學史的一部分絕不誇張。正因爲她如此重要，夏祖麗的功力又素有口碑，我們對傳記後半部的期待格外殷切。所以，對傳記裡將林海音的「船長事件」輕描淡寫帶過，不免要有些失落。如此一件事涉當年文藝政策與白色恐怖的公案，若能有更細節的敘述，將可裨益許多研究者。另外，由於林海音交遊甚廣，與官方、非官方的協會藝文機構也保持友好關係，此間的活動爲何？彼此的互動關係又爲何？在幾次重要文學事件裡，例如心鎖事件、鄉土論戰，她如何周旋在立場各異的眾多文友之中？她扮演著什麼樣的角色？種種問題都引人好奇。對一本傳記做史觀的要求，也許太過。但證諸林海音晚年致力在文獻史料的整理出版、介紹文友動態以及文壇掌故，顯示她有心作史。在林海音記憶衰退之餘，不藉她的傳記彌補相關文史隙缺，豈不可惜？

這本傳記很特殊的地方，就在它將原先眾人印象裡的「北平人」林海音扭轉爲「台灣人」林海音。更爲了強調她身爲編輯者的洞見，擴充她提拔優秀台籍作家以及與台籍文友交往的篇幅。相對的，林海音與一票外省女作家們，既是文友牌友，更是閨中密友，彼此交誼往來的敘述卻大幅縮水至只以一串名字略過。她給這些文友們的溫暖支持也是編輯人對同性創作者的重要貢獻吧？尤其在記述「船長事件」時，若能佐以這些密友們的書信或口述回憶，豈不比鍾肇政提供的應答信函更具說服力？林海音既是獨立於體制外的自由文人，我們又何需替她趕搭「流行」，著墨於她是「台灣化的北京作家」或是「北京化的台灣作家」爭議呢？

二〇〇〇年十一月十三日《聯合報》讀書人版

夏祖麗。《從城南走來——林海音傳》。天下遠見，二〇〇〇年。

土地氣味的家族史

——評鍾文音《昨日重現》

乍見鍾文音《昨日重現》的副標題——物像和影像的家族史，以爲又是一本堆砌消費符號、假懷舊之姿行銷的時髦產品。所幸內文並非如此，不禁令人有一新耳目的意外欣喜。

建構家族史，不論是紀實還是虛構，似乎是近年來的文學潮流。《昨日重現》卻沒有落入編年式、傳奇性的大敘述書寫框架，反而別出心裁地用片段化、並置性的方式，側寫一些家族血親。或者因人思物，或者睹物記事，拼綴出小村鎮上平凡家庭的經歷點滴。閒閒的筆觸，不刻意營造人事起落，也不謳歌什麼鄉土民俗。少了造作戀舊的腔調，反倒平實地勾勒出六、七〇年代嘉南平原的生活景況，清新雋永。

雖然選擇以散文寫作，《昨日重現》一書的結構設計卻頗爲縝密。卷一介紹故鄉——雲林西螺——的風土景觀，卷二寫母親，卷三記曾祖母與祖母，卷四憶父親，卷五述祖父，卷六旁及母系親屬，包括外祖父母、舅父及表姊妹，卷七溯往父系血親，包括姑姑與爲社會主義犧牲的三叔公，卷八談作者的兩位兄長，卷九與卷十則雜記從小到大印象深刻的一些物件、藥品和病痛。由整本書先敘母系再述父系的章節安排來看，鍾文音的《昨日重視》多少表明是一部偏重女性的家族史。記述的人物雖多，但全文最精采的章節、最深刻突出的角色，集中在第二章，我的天可汗。

專門描繪母親的第二卷，又可分爲兩部分，前半部原是鍾文音獲一九九九年《聯合報》散文獎的作品，後面才是爲此書增補的段落。前半部章法工整、情感正確，符合得獎「規格」，但是在沒有預設目標下寫作的後半部，格外眞摯動人。這一章刻畫的母女情感與衝突，張力十足，是近年來以母女關係爲主題的文本中罕見的珠玉。作者不斷地透過因爲衣服而發生的摩擦，彰顯母女兩人間的愛恨情結。從小時候對衣服的顏色品味，到長大後亟欲購買與上一世代不同的內衣款式，在在暗示女兒對母親身體裡權威的敬仰與抗拒，還有隨著成長而來的對自己身體隱私和自主權的維護。無奈的是母親始終不肯放棄「監護權」，在堅持女兒即使成年已久也絕對無能力能將衣物洗淨的信念下，每每趁獨居的女兒外出之際，偷偷跑去幫女兒洗滌衣褲。年邁眼花的母親，動輒將衣服洗得縮水變形。洗衣服，不僅代表老母親尚能照顧女兒的微弱象徵，或許更意味著母親渴望保持與女兒肌膚相連的親密手段吧！

貧苦農家出身、婚後操勞不減，再加上丈夫早逝，兀自獨力持家的母親，其劬苦可知。租地種菜，經常夜晚下田到天亮，艱苦的環境自然造就鍾母務實務儉、幹練爽直，情感豐盈卻內斂的個性。教育子女當然採取最傳統直接的鐵的紀律：甩耳光、鞭打、罰跪，一樣不少。即便是最輕的責罵，也是「毒語毒誓都會說出，非常血性，像一把隱形的刀橫砍直劈而下」。這般勤儉嚴格的母親，卻在女兒考上大學時，興奮忘情地將女兒高高舉起，猶如兒時一般，流露母親心底最溫柔慈愛的關懷，渾然忘記女兒考上私校後的龐大學費，還需要她往後耕稼多少個日夜。我相信，這一位台灣氣味十足的母親，依然會是鍾文音往後創作的泉源。

相較於豐沛飽滿的母親形象，文本裡敘述的其他人物則顯得平面薄弱許多。早逝的父親留下的印象固然不深，寡居的母親疏於與其他親屬的往來，亦使得關於家族的記憶十分有限。因此，第二卷之後文氣遞弱，一路強勉張弛。最失敗的章節是描述因信仰共產主義而被處決的三叔公。因爲原爲作者獲選劉紹唐傳記文學獎的作品，英雄化的塑造、悲情的語調，與全書風格迥異。格外顯得所謂「傳記」敘述的矯情與刺眼。

至於《昨日重現》的家族追述，是寫眞抑或再現？除非是罹患考據癖的評者或是死忠的鍾迷，否則無關宏旨。鍾家遠近親疏的族人臉譜，對讀者們而言，彷彿是一幅幅台灣鄉鎮百姓的鉛筆素描：看似平淡，實則値得玩味。堪稱是鍾文音備具溫度與厚度的一本創作。

二〇〇一年二月十九日《聯合報》讀書人版

鍾文音。《昨日重現》。大田，二〇〇一年。

漫遊者的拾荒癖

——評朱天心《漫遊者》

從《時移事往》以降，朱天心開始展露她對中外掌故資訊驚人的知識，其知古通今、博學強記的能力在《漫遊者》中臻至顛峰。如果再加上《我記得》、《想我眷村的兄弟們》和《古都》，這五部小說展示半世紀台灣重要生活文物以及名人見聞，堪堪成爲一個主題博覽場。

論者每以朱天心的歷史系背景謂其爲考據癖，或喟歎爲水土不服的「老靈魂」症狀。弔詭的是，老靈魂不只對過去的流行資料如數家珍，對當前各種時尚潮流的嫻熟熱中亦遠勝於任何新新人類。更有趣的是，迥異於一般以軍國大事編年記敘的史筆，朱天心不斷追懷的逝水流年常常藉由龐雜瑣碎之物品與典故的堆積，製造出見證與懷舊的效果。《漫遊者》更徹底地擺脫敘事體慣有的情節結構，逕行以上窮碧落下黃泉的各種消費及文化符號堆砌出其歷史感。例如〈遠方的雷聲〉裡，最能代表對島上美好記憶的能指：不論是電影片段、載滿搬家家當的拼裝車、庭前的玫瑰花、獅王粉蠟筆、彩色健素糖、東方書局的書、伍中行的牛肉乾……，物品相較於其所指的時代與感情，總是有著更多的優越性。朱天心對時代的敏感躁慮，巧妙地遮掩於眼花撩亂的物資替換中。假使她有某些戀物傾向，眷戀的也只是舊文物。《漫遊者》可說是一部古事／物的拾荒記。對構成朱天心文本的歷史性，絕對有其重要性。

讓我們先從朱天心令人瞠目稱奇的資料記憶庫談起。舉凡台灣過去衣食住行的品牌、形狀或者影視娛樂的名片偶像（甚至拍攝的景點），抑或是國外勝景逸品、上古異族服飾用具，朱天心總是信手捻來、雄辯滔滔。使人對她關於資訊收集和記憶的功夫讚佩不已。然而，這種對物品史料的收藏熱情常常暗示著一種現象：對當前的時間失去了感覺。尚．布希亞在《物體系》裡論證，收藏最重要的意義是「殺時間」，或乾脆取消時間。收藏是文明人普遍的「心理退化」過程，尤其對古舊事物的執迷和搜集，可視爲現代性的症候之一。

布希亞認爲，當古物由歷史的底層前來融於現在的文化體系時，「它」的存在適足以證明「我」亦存在的事實。「我」由現時之流往過去心理退化，以便在想像的過往投射存有的虛空向度。因此，古物的「歷史性」不在於它被製造及使用的時代，而是抽離掉它眞實指涉的時間，變成一個純粹的文化符碼——見證傳統象徵體系的餘燼。這種因睹物而興發的歷史「眞確性」幻想，得以使個人和現下的組織文明抗衡，保存內心世界深沉的非現實性。所以，老東西的價值並非功能性與經濟效應，而在於「穿過它，離散分裂的人的存有，可以和胎兒的原初理想狀態認同，他向著他出生前的，處於小宇宙和中心地位的存有退化」。

據此，我們便不難理會爲什麼大量的商品符號伴隨著對當前時代的批判、共時性地出現在朱天心八○年代後期的文本，我們亦略可理解，何以記滿她自孩提以迄成人時期遊歷探險符號的〈銀河鐵道〉只是爲了「證明你的幸福時刻都過去了」。陳年物品的追求與堆砌將朱天心認可的價值銘刻於封閉、已完成的時間裡；不是朝向他人、外在的論述，而是朝向自我、內在的論述。回溯至她的童年，像〈出航〉篇中渴望回到兒時與父母走失時的縱情放聲痛哭；甚或返回更古老、想像的時間，成爲先祖，甚至是先朝的記號，撫慰老靈魂對自身起源的不確定性。

究其實，朱天心對文化符碼的累積、分類與陳列不過是一種安全的遊戲。布希亞總結，「物品便是我們用來悼亡自我的手段」。由於物在見證我在，擁有故物便是超越故我；透過把死亡整合於系列與固定的循環中，消弭個體對現時當下的焦慮。物的「歷史性」功能也許正解釋了《漫遊者》爲何揚棄歷時性敘事模式，逕用雜亂散漫的符號群堆積，因爲後者的時代錯亂感適足以表達朱天心喪父至痛。失怙，對朱天心而言，不僅只是痛失親長，更是近年來亟欲維護的理體信念的再崩盤。悼父，豈非悼己呢？

《聯合文學》二〇〇一年四月號

朱天心。《漫遊者》。聯合文學，二〇〇〇年。

他要往何處去？

——評林文義《革命家的夜間生活》

當邊緣變成主流，當在野躍升執政，革命已經成功，成功卻不是在我，昔日的反對分子還能做些什麼？是扮演如神祖牌般被恭奉（冷凍）的資政，還是爲延續政治利益與敵方立委勾結？抑或乾脆轉行，寫起小說？

《革命家的夜間生活》是林文義廁身反對陣營十多年後的懺情敘事。基於對「已然質變的政治生態的絕望」，林文義轉尋小說的救贖。一如封底摘要宣告，「這十篇小說是揭開面具的子夜派對，無論是聖堂高坐或墮落於酒與美色，所有自詡爲『革命家』的虛實靈魂，請勇敢卸去曾經有過的敗德、出賣、謊言吧！」

最符合此番黑幕小說預告的也許是〈空中馬戲團〉和〈乳房的香味〉這兩篇。〈空中馬戲團〉描寫地下電台的台長將支持民主運動的民眾捐款中飽私囊；而教主級播音員與董事則仗勢騷擾女職員。〈乳房的香味〉直書某民進黨籍立委過去充當情治單位的職業學生，現在更為了私欲與國民黨立委掛勾，流連於酒池肉林中「問政」「議事」。

然而這樣的內幕比起近年來專爆名人腥羶濁臭的傳記和八卦週刊，大概只稱得上是「常識」。畢竟，有多少人還會把「純潔」「理想」與政治人物畫上等號呢？所以抱持偷窺心理來閱讀《革命家的夜間生活》的讀者，可能要大失所望了。除非對政治圈人事十分嫻熟，否則很難將書中描寫的小牌政客來個對號入座。政壇大牌人物中，素以精采的夜間生活著稱、林文義最親近熟識的前任革命家不僅不見緋聞，反屢屢以精神領袖超凡入聖的姿態現身書中，宛若出污青蓮。箇中原委，耐人尋味。

不過政治小說的終極評價，視其藝術表現，不在於眞僞成分。理想主義者的變節與幻滅一向是小說偏好的題材。閱讀《革命家的夜間生活》，其中運用的寫實手法、意識流，以及近似魔幻寫實的技巧，都讓人想起台灣政治小說的經典，如〈山路〉、〈不朽者〉、〈賴索〉和〈將軍碑〉等等。林文義投身反對陣營多年，參與決策運作角力、目睹各山頭派系的連縱傾軋以及台灣政壇如何經歷結構性的調整轉化，可惜卻無能超越前人的格局，提出較深刻的觀察與剖析。大多數的小說篇章有一種潑灑情緒的傾向，也許是從散文寫作剛轉換跑道的不適應症。

《革命家的夜間生活》意外地凸顯出傳統政治小說的書寫困境。在朝改代換、革命成功的同時，悄然產生另一種失語症危機。昔時被政治迫害的論述已經取得正當性，合法地陳列在國家博物館、銘刻於官方紀念碑上。政治受難者的自述，如〈博物館的鬼魂〉中霧社事件的遺族、〈霧河〉與〈荷蘭邊境〉裡白色恐怖的受刑人，這些在政黨輪替前慣用來激勵民心的控訴，今日讀來，已流失悲情況味。猶如魯迅筆下的祥林嫂，一再重複哭訴自身不幸的遭遇，反倒讓鄉民由同情轉爲厭煩。堪爲鏡鑑。

革命成功的滋味沒想到如此尷尬。昔日干雲豪語不再需要，壯志大業逐步實踐，卻是旁人代勞。眞人色彩最濃厚的〈故夢〉，著墨一代民主領袖的失意。但是太平盛世裡既缺乏衝突事件，徒剩失落的耽溺。在榮寵的頭銜和優渥的物質環境裡逕自悼念當年革命英姿，多少像子彈打在棉花堆上，無聲響力道，只好用青春女體的凝想意淫，召喚勾引少年時的陽剛正氣。如此一來，革命時期的慷慨激昂與繁華過盡的世情厚度，表現不出，倒比較像是中年危機的去勢焦慮。

政治小說要怎麼寫呢？當政權易手、朝野易位之後，過去的主流成今日之邊緣，昨日的外圍是現下的核心。哪一個論述位置才代表絕對正義無辜？哪一種意識型態才具備異議的正當性？該是我們思索政治小說新方向的時候了。

二〇〇一年七月二日《聯合報》讀書人版

林文義。《革命家的夜間生活》。聯合文學，二〇〇一年。

異色淡水

——評舞鶴《舞鶴淡水》

從朱天文《淡江記》、朱天心〈淡水最後列車〉，到蔡素芬的《橄欖樹》，淡水一直是小說家筆下鍾情的場景。不論是記載青春歲月裡的悲喜歌哭，抑或是追憶往昔山水景致，文人雅士眼底的淡水往往是籠罩在層層純美恬遠的光輝裡，引發懷舊、失落的情緒。隱居小鎮十年，舞鶴面對斯土斯景自然有話要說。由早期的〈悲傷〉到最新的《舞鶴淡水》，舞鶴烘焙出另類的淡水韻致。一種異色的、猥瑣的淡水，褻瀆之而愛戀之。

《舞鶴淡水》絕對是書寫淡水中的異數。不同於一般著墨於此地的山光海景、古蹟文物，舞鶴深觸到小鎮庸俗世儈的一面。在蒼鬱空靈的古城身影中，莫忘淡水還有市井商賈與茶室歡場的庶民文化，而且同樣歷史悠遠。舞鶴用漫步式的瀏覽，間雜半自傳的情海波瀾，引領我們走過交錯仕市集與遺址間的同居巷、墮落街，見識在腐朽落敗與悠閑風月孕育中恣意放縱的情色貪歡。在殖民、家國的物換星移之外，小鎮居民亦有其「在地的」風流滄桑史。

看過〈悲傷〉的讀者一定會對《舞鶴淡水》有著似曾相識的感覺。後者同前者的敘述者「我」，幽居在淡水時的遭遇見聞相仿。兩者皆離群索居，讀書散步度日，「努力做個無用的人」「浪青春蕩」。與不同女子的床上運動是「我」鎮日裡最活潑積極的行爲。雖然〈悲傷〉裡的小鹿搖身成了新作裡的梅子姑娘，不過兩書中的姑娘們皆是波乳浪臀，馳騁床笫驍勇聲嘶。兩個敘述者同樣熱愛閒晃，在漫遊中賞味當地建築、人情掌故，時興對小鎮過度開發的憂嘆。舞鶴擅寫中下階層裡被扭曲創傷的人格與耽溺情欲的特色在新作裡一概不少。但比起〈悲傷〉裡的性躁鬱，《舞鶴淡水》其實多了一份舒緩沉穩，並且企圖宏大。除去明顯的情節或故事推展，舞鶴立意靠他自成一格的文法修辭、夾議夾敘的文體，捍護自己現代主義式的構句理念，並對新舊淡水的消長沿革提出一些深刻的辯證。作家的褻玩偏執，在最成功處竟能融冶出憂傷的深情與虔誠的莊嚴，〈拾骨〉已見示證。

這般異端的鄉土書寫，獲得文化維護工作者回響的機率容或不高，但兩者對地方的感情似殊途實同歸。視野殊異的雙方卻懷抱相同的使命，一部分歸功淡水這個地方的歷史地理條件，另一部分卻歸因於其他相對的關係性。根據英國地理學家梅西（Doreen Massey）的觀察，任何地方（place）的認同構成除去其內在歷時性因素外，更多牽涉到與其他地方正面或負面的互動。換言之，淡水這個地區的身分之所以跟文化古蹟、自然保育等屬性結合，不只因爲它承載了歲月洪流輾轉的諸多印記，還因爲相鄰的台北市在（後）資本主義下的都會走向。台北的人文景觀愈受商業異化，愈襯托得小鎮淳樸清新；台北愈國際化、愈「失眞」，淡水則愈本土原味。對於較無強烈團體約束力的主體而言，尤其是邊緣族群或反對者，他們對特定地方的歸屬感往往比整體社會的認同來得具象而重要。因此眼見捷運列車帶著一批批人潮，連帶麥當勞與星巴克進駐老街，淡水的文化記錄及保存顯得格外刻不容緩，不管是以正史或「逸史」的方式。

姑且不論當地居民對於視淡水爲文化「象徵」的維護心態領不領情，舞鶴確爲淡水書寫增添另一重風味。只是向以情欲敘述驚世駭俗的舞鶴，這回也許因爲大中至正的情操作祟，作品並沒有超越先前的格局。世紀末的情色書寫不斷地推陳翻新，拓展了台灣小說創作的疆域，舞鶴的作品絕對起了揚波助瀾的效益。但是世紀初的《鬼兒與阿妖》以及《舞鶴淡水》似乎仍在生冷句構和豔情奇招中打轉，維持水準有餘，麻辣勁道卻淡薄了些。當然，對有心親近舞鶴的讀者來說，先從清淡的入手亦不失為上策。至於如何再創新猷，我們倒不必太過費心。特立獨行的舞鶴是讓人料不到的，他還有大半餘生好整以暇地來嚇人呢！

二〇〇二年二月十八日《聯合報》讀書人版

舞鶴。《舞鶴淡水》。麥田，二〇〇二年。

心情浮光

——評陳玉慧《巴伐利亞的藍光》

不同於劇場訓練裡對肢體語言的坦然展露，也不同於新聞採訪裡的紀實理性，集導演、記者與作家身分於一身的陳玉慧，在小說敘述裡卻展現出一種個人化的抒情傾向。除了以拉法葉案始末爲主軸的擬報導小說《獵雷》以外，《我的靈魂感到巨大的餓》、《你是否愛過？》，一直到最新作品《巴伐利亞的藍光》，陳玉慧逐部提煉出簡單明淨的詩意語言。幾筆俐落的造境，卻足夠勾勒出細膩深邃的內心世界。中年女子的閱歷幹練、敏感和傷懷盡在這看似雲淡風輕的筆端紙底。

《巴伐利亞的藍光》混合散文、小說與日記體的創作形式，其實是前作《你是否愛過？》的延續。《你是否愛過？》記載了一九九八年四月至七月的生活點滴，《巴伐利亞的藍光——一個台灣女子的德國日記》則是抒寫一九九九年一月至二〇〇一年十月的心情札記。所不同的是，前作多少還敘述實際生活裡發生的地景、事件與人物背景資料，新作則全然抽空具體的人事地經驗，導向內在感受詩意化的片段聯綴。「我」的回憶感懷、所見所聞、夢境幻想，如同一些隨意捕攝的膠片，尚未沖洗顯影，隱約只見模糊曖昧的輪廓與映像。

這些生活片段的排列次序未必有情節或邏輯上的必然性，只有個人思緒的任意流轉。書裡有中文、德文、英文，有獨白、對話、意識流，有散文、有故事、有名言警句或無法解讀的隻字片語。陳玉慧將順時性的日記語流，斬爲片段絮語，甚至噫聲囈語、譫言譪辭。順應韻律節奏的延展，阻隔中心意義的曝現。

書寫是公開的，日記卻是私密的。公開的日記在本質上是矛盾的，書寫的張力與趣味亦隨之而來。作者一方面必須將日常中某些倏忽掠過的意念予以捕捉、敷衍文飾或某種可被解碼的情境，傳遞給別人。一方面又必須在某些關節上予以增添、刪減或密碼化，以便遮掩蒙蔽其中不欲人知的內容。

這種欲語還休、欲蓋彌彰的語言弔詭，讓我們不由得想起羅蘭·巴特模仿操練《戀人絮語》、反覆揭櫫的概念。身爲作家，「我」無法寫自己。因爲一旦開始寫作，就不得不放棄眞誠，屈從於語言符號的規則與效果。但是「我」又不得不說、不能不說，因得感情根本上就是要傳達、要給別人看的。因爲「我」必須在給讀者觀看的同時，又不讓讀者看。「我」要讓讀者知道，我不想暴露我的隱私。巴特慧黠地比喻，這彷彿是「我替自己的激情罩上一只假面具卻又小心翼翼用手指點著假面具」。

這種既要坦誠又要私密的半遮面策略，我們從陳玉慧書名的主、副標題命名即可略窺一二。對台灣讀者而言，巴伐利亞何其陌生？巴伐利亞的藍光更無從想起。但在這陌生的情調中，作者又加注「台灣」召喚起讀者的熟悉聯繫；「女子的日記」，在異國，更誘發著暗香浮動等種種遐想的可能。儘管內文的確由欲望、想像和自剖組成，卻與標題中異國獵奇的聯想無涉。即使事關敏感，絕對三點不露。所謂「寫眞」嘛，不過擺擺安全的 pose 而已。

《巴伐利亞的藍光》將陳玉慧一貫抒情化敘事的風格推向極致。她切割上下文脈絡，書寫刹那感受，導向內心自體的指涉。最成功的時候，這般對生活片段式的任意描寫以及思索性靈、隱密世界的企圖，確能達成外在與內在的詩意性統合。但是紛雜的思緒、語絲，喃喃語流中時時插入的波瀾、暗湍，一再考驗讀者的耐性。霧裡看花固然增加想像的空間，卻也伴隨著如墜雲端、不知所來何止的茫然。作者的鎖碼即使激起讀者解碼的雄心，但能鍥而不捨完成攻防戰的，可眞要是有心人了。

究竟，巴伐利亞的藍光是什麼？像極圈的藍彩，還是眼珠的湛藍？溪流的水藍，還是晴空的藍天？如何解碼也許並非重點，只要能引發靈光乍現，異漾情懷，就是那光。

二〇〇二年六月二日《聯合報》讀書人版

陳玉慧。《巴伐利亞的藍光》。二魚文化，二〇〇二年。

遺忘，遺棄與遺留

——評蘇偉貞《魔術時刻》

當一個盛名作家寫出了文壇普遍認可稱譽的代表作以後，接下來如何超越自己呢？如果延續既往文風，她可能被視爲重複因循、停滯落伍；如果改變風格順迎潮流，她可能會被譏爲一窩蜂、沒堅持。假使她愛惜羽毛，不輕易出版，免不了有創作力減退的流言揣想；假使她的新作未能超越舊作，每況愈下之諷立時四起。若能新作更勝前作，自是最佳的狀況，但是下一部作品又要同樣的動見觀瞻！每一位成名作家面臨的最大挑戰，無非是來自昨日之我的壓力。

從八〇年代的〈陪他一段〉開始，蘇偉貞即不斷地質疑愛情的內涵、永恆的定義。隨著敘述技巧的日益純熟，她的解剖也轉向創作的方法與結構。自《過站不停》以來，蘇偉貞對於革新形式的實驗始終不減。特別的是，她在敘述主題與技巧上的創新並不喜與時興的議題流派合拍，反而獨來獨往，難以現成術語、概念便利地套上。進入九〇年代以後，年歲歷練不但沒有爲其解惑，反而啓迪她探索更深沉的「人與人之間難以定位的生命情境」。當環境裂變，倫常的卡榫鬆動，情人、夫婦、父母、手足、朋友是否還能對位如常？由《離開同方》到《沉默之島》，我們不難查察到作家對於自我的身分定位、人際的溝通對話以至國族的想像認同，有著越來越悲觀的傾向。

自一九九四年出版《沉默之島》之後，蘇偉貞睽違八年之久，才又在最近出版新作《魔術時刻》。總共八篇短篇小說，竟耗費八年，比起其八〇年代的多產，新作之審愼可知。全書相當忠實地捕捉住新舊蘇偉貞創作的交接時刻，既留駐往日某些書寫特色，又隱然透露出新的玄機，醞釀作者筆耕生涯的另一個階段。其中有沿襲她八〇年代最關注的愛情辯證，如描述一位台灣已婚女子與丈夫海峽對岸學術圈友人外遇的〈魔術時刻〉，回憶初戀情人一方面性啓蒙鄰家小妹、一方面卻因同志性向曝光而遠送療養院的〈侯鳥顧同〉，以及激昂選戰前夕激發不同政黨男女一夜情的〈孤島之夜〉。儘管愛的傷害可以解釋成肇因雙方不同的「國家」、性向或者黨派理念，但是小說一再質詰的不外是什麼樣的物質歷史文化條件下，可以使愛變成可能？甚至，恆久？

在更多的篇章裡，我們看到的是對倫常這種至親關係的思索，也是敘述技巧上最具實驗性的力作。〈倒影小維〉透過家族照片的凝視及追憶，省思中產階級裡「成功」女性的兩種典型，在鏡像對照下兩個姊妹，雙身雙聲，既相互補充亦相互拆解。〈以上情節〉則靠著母女共同的習慣——除夕夜看電影——來感覺維繫實體缺席的母女感情；但是電影是如此虛構，如其篇名預警，而且本質性地短暫。〈老爸關雲短〉裡最受鍾愛的小女兒始終不能原諒父親潛返大陸與元配妻兒偕老，在回憶父親講述的三國演義故事裡，不斷詰問「親情」、「大義」的分際。

與上述三篇主題相近，但內涵更雄渾宏觀、實驗性質濃厚的鉅作，當推〈日曆日曆掛在牆壁〉。故事描述一位老婦人在丈夫棄家別棲之後，逐漸喪失了對眞實時間的意識。老太太每日循日曆頁面空白處書寫密密麻麻的生活瑣事，原來是隻手虛構出一段不存在的家族史。在這一本「日記」裡，她不但與老爺鶼鰈情深，而且生出一個女兒，並經歷女兒傷變身亡的創痛。憑著這虛構的本事，老太太在眞實生活裡伴將丈夫的私生女「誤爲」兒子所生的女兒，名正言順地「含飴弄孫」、「祖孫情深」。眞實裡記憶裡幻想的底線就在這本隨手而寫、隨處傳閱的紙片中消失。〈日曆日曆掛在牆壁〉一改蘇偉貞慣寫的題材與風格，蒼涼頹唐的男女情愛蛻爲寬憐敦厚的大愛，虛浮飄蕩的紅塵俗世終究沉澱出生命初始的純淨澄明。小說中試圖將互涉、後設綿密纏結的形式試煉，不但化解了作者過去對失憶的焦慮，更在試探記憶的種種可能性裡，勘採出一口既能洗滌創傷又能滋養再生的書寫源泉。

遺棄，是蘇偉貞小說中恆常的主題；在與自身的對話中尋索因由，成爲其文本縈繞迴旋的特色。逃離與遺忘，是小說人物自我治療的一貫手段。《魔術時刻》雖然也同樣著墨於遺棄，以及如何遺忘被背棄的傷痛，卻不再逃離。反而留駐於原地，藉助不同藝術媒介：攝影、電影、說故事、書寫，轉化躁鬱與愴慟，昇華爲哲思性、美學性的辯證。

在序言中，蘇偉貞解釋了書名源自電影術語，是捕捉白晝與黑夜銜接時光的技術，以此比喻這本小說企圖定格生命情境中灰色地帶的嘗試。就某種程度而言，此書不啻爲蘇偉貞小說生涯裡的魔術時刻。我們可以感覺得到一位認眞執著的作家在與舊我的折衝、對話中蛻化，意圖開展出另一重格局。長期觀察喜好蘇偉貞的讀者不妨仔細品評、拭目以待。

《誠品好讀》二〇〇二年八月號

蘇偉貞。《魔術時刻》。印刻，二〇〇二年。

繞樹三匝，何枝可棲？

——評段彩華《北歸南回》

反共懷鄉的謳歌早成四十年前的歷史舊曲。當年鼓吹最力的軍中文藝三健將不彈此調久矣。司馬中原如今喜談鬼神傳奇遠甚於豪俠列傳，朱西寧已列仙籍，而段彩華，銷聲睽違已久。老兵，似乎都逐漸凋零。

意想不到，段彩華在停筆十多年後，竟然以七十高齡推出這部三百多頁的長篇小說《北歸南回》。這本描寫遷台老兵返大陸尋親的新作不僅在敘述技巧、視野內涵上超越作家以往的格局，也是筆者歷年來閱讀段氏小說時第一次深受吸引感動之作。重現文壇竟得如此佳績，應不只是作家醞釀構思多年的創作結晶，相信更是鬱結五內、不抒不快的肺腑心聲。

兩岸開放交流至今，外省老兵返鄉省親不再是熱門的話題，文學領域裡也從尋親轉變為近年來的經貿與觀光之旅。這時候再來處理這樣的題材原不新鮮討好，但由昔日的反共作家寫來，卻獨有一番況味。以三個退役榮民的返鄉經歷為主軸，《北歸南回》本著嫻熟的寫實主義筆法和說故事的高超本領，每段情節都在翔實推進下突有出人意表的發展。從榮民們如何輾轉聯絡上親人、踏上「賊窟」初見「共匪」的僵硬緊張，到返抵故里時人事皆非的激動悵惘，離散重聚間種種悲喜啼笑的心情起伏，刻畫入微細膩。雖然家庭變故、親友流離早在臆測中，四十年來發生的冷暖炎涼瞬間壓縮在幾天內體驗，箇中滋味可想而知。

親情的召喚裡，母愛的深厚恆久總是最令人動容。小說主角于思屏得知寡母在他行蹤不明後固守門閭，忍耐著飢寒交迫、惡疾纏身，至死都不肯動用藏在醬缸裡預留給獨子當路費回家的三百塊銀元。親子永隔的遺憾，使他立意為朋友方信成跋涉尋母。方母因工作的調動一再遷址，雖每年回故址探問並留下新址線索直至年邁體殘，近乎絕望的她竟因此奇蹟似地母子團圓，並為兒子與四十年來未過門的兒媳證婚後，舉家遷台；是為本書唯一的一樁喜劇。

正如書名所預示，「北歸」，是訪歸故居，而「南回」，則是重返台灣。這部小說裡回大陸探親的榮民們，沒有一個不是選擇返回台灣定居的。這一趟尋根返鄉之旅，也使他們從低吟〈我的家在東北松花江上〉變爲高唱〈寶島姑娘〉；確定自己早已「移情別戀」「戀台灣」了。老榮民們最後唏噓「那邊，雖然是我的故鄉、故土，卻不是我的國家了。」「我心目中的國家，絕不是那個樣兒。」與此同時，卻也無法降減「老榮民望大海，兩邊不是人」的鄉關何處之歎。也許是爲了讓老兵們不必面對身分認同中兩邊拉鋸的窘境，段彩華循例在結局裡安排了光明伏筆，期許兩岸和平往來。但是這個樂觀的等待，不知爲什麼，竟讓人想起「只等反共的號角一響」，那句已然飄逝的名言。

二〇〇二年九月八日《中國時報》開卷版

段彩華。《北歸南回》。聯合文學，二〇〇二年。

亞細亞的新孤兒

——評郭松棻《奔跑的母親》

曾經，亞細亞的孤兒是個撕扯肝腸的稱號。在吳濁流的筆尖、羅大佑的歌吟中，牽動台灣子民舉目環顧、無親可依的身世痛楚。置身島上，痛猶如此，遑論那些遠渡重洋、有家難歸的海外遊子？

郭松棻的前半生經歷，堪稱生於戰前的台籍菁英夢幻的典型。身爲知名畫家郭雪湖之子，求學生涯一路順遂進台大，畢業後留母校任教，活躍文壇與劇場，隨後赴美國柏克萊大學取得比較文學碩士學位，順理成章繼續攻讀博士。功成名就已然在望，燦爛前程開展在這位天之驕子的腳下。不意一九七一年的釣魚台事件竟引發弱小民族的創傷記憶，驅動保疆衛土的強烈愛國欲望，郭松棻毅然放棄唾手可得的學位，投身保釣怒潮。

個人的抗爭犧牲畢竟抵擋不過國際政治形勢的現實，「回歸祖國」的光明願景終究虛妄幻滅。激情過後，只落得在台灣當局的黑名單上留名。黃昏的故鄉，竟是別時容易見時難！

在這種孤臣孽子、流落異國的放逐狀態下，郭松棻在八〇年代重拾起創作的筆，耕耘出一塊豐饒壯闊的文學領土。收錄於《奔跑的母親》中的四篇小說即是出自這個時期的結晶，外加一篇九七年的近作。遭逢著一連串生涯的巨變、時代造化的錯待，豈能不讓人興發讀聖賢書，所爲何事之慨？士大夫的理想在現實摧折下千瘡百孔、支離破碎，連與土地的聯結，都只能透過文字的想像。失父思母的孤兒悲歌，譜成郭松棻小說最主要的旋韻。

歷史烙痕最明顯的承受者莫過於文本中一個個困頓萎儢的男性知識分子。代表知性文化的父兄傳統在郭松棻筆下都是始於熱情澎湃、叛逆頑頡，繼則壓抑馴服，終以頹靡自棄，「沉到底……到底。」〈雪盲〉裡的男性菁英無一不是奮發無處、懨懟飄零的命運，包括日治時期努力鑽讀醫科卻無法卒業、惝惶跳海的校長亡兄，以及苦練出一口上品日文和標準北京話卻還是困蹇於情路與事業上的小學陳校長。當陳校長把亡兄的唯一遺物《魯迅文集》送給年幼的敘述者時，知識分子孤憤屈辱的宿命宛如瘟疫般一併傳給下一代。長大後敘述者出洋留學終至在賭城警校裡教書餬口，一方面以高分引誘這群未來的賭場保鑣來保障開課人數，一方面以教授魯迅來做犬儒式的自我嘲慰。窮酸潦倒、百無一用的孔乙己竟成邊緣文人的原型，「你想像以孔乙己的模樣，用滿是污泥的手爬出教室，甚至讓自己的腿折斷，坐在地上一路跂著向前。現在這就是教室和停車場之間唯一可以頂天立地的行走方式。」

傷殘的父兄的精神香火，加深對母親的孺慕渴望，同時卻又因爲這種對異性的依恃加深焦慮和不安感。即使女性一貫以養護者的姿態出現，如〈月印〉，卻無法誘使男性與之發展出親密穩定的長久關係，如〈雪盲〉或〈草〉裡的留學生們。〈奔跑的母親〉中兩個都因父親早亡、母親被迫改嫁的台籍菁英，一個終身尋找失聯的母親，一個成年後遠走異國，聽聞母親計畫環球旅行時偏偏返鄉「承歡膝下」，恐懼「落跑母親」的夢魘成眞。「深怕她又跑起來，向著黑夜與海連的那片遼闊絕塵而去。」年幼戀母卻失母，及長又不習慣母親的那份矛盾情結，只有當母親肉身亡故之後，才能在敘述者選擇性的夢境裡，還原爲幼子送便當的母親。故去的母親——故土——以青春慈愛的形象，溫暖撫育嗷嗷待哺的稚子，昇華爲流落異鄉的孤兒生存下去的永恆安慰。

苦難的環境常是造就藝術家的溫床，堅苦卓絕的孤兒處境畢竟成就了郭松棻獨樹一幟的美學造詣。「剔除白膩的脂肪，讓文章的筋骨峋立起來」，是作家藉小說的敘述者宣達的創作理念。唯其如此，郭松棻的文字總是骨架嶙峻，筋脈交錯鮮明，沒有多餘贅詞累句，呈現出晶瑩剔透的美感與冷感。最溫馨恬謐的時候，彷彿小津安二郎鏡頭裡的構圖，乾淨優美的庭院布景，人物動作謹小，但簡單一句對白洩盡言外情意；最冷冽決絕的時候，同樣的場景人物即刻轉爲蕭索殘忍，甚至不惜自斷筋骨。文句溫熱寒涼的跳躍切換，構成郭松棻小說的迷魅張力，引人亟欲續讀，又不忍卒讀。尤爲難得的是，作家將這塊土地半世紀以來的滄桑，襯納爲影影綽綽的敘述背景，使得畸傷的人物、事件呈現出立體感，讓所有蒼白、恐懼的片面人生，有著相關的歷史與文化指涉。早期被詬病爲橫的移植的中文現代主義小說，至此浸涵飽滿深沉的台灣本土意義。

「方向與時機，經常是倒置錯亂的。」「該向你跑來的，她卻離你而去，該離開你的，卻又要奔跑起來。」最令人感慨的是，好不容易黑名單的禁令不復存在，郭松棻卻在海外病倒。政治時勢的轉變固然讓一批舊日苦兒立地成家、自立門戶，不免又有另一波無所適從的亞細亞新孤兒誕生。孤兒美學與敘述勢必繼續傳唱不休。

二〇〇二年十月二十日《聯合報》讀書人版

郭松棻。《奔跑的母親》。麥田，二〇〇二年。

怪ㄎㄚ的奇想世界

——評盧郁佳《愛比死更冷》

盧郁佳是個才華洋溢、精通十八般武藝的新世代作家。她的寫作事業採取最時興的複合式經營，卻絕不量販。從武俠、奇幻、圖文書，以至影評書評，她總是有讓人眼睛一亮、甚至要掉出來的精采表現。每個星期天看「讀書人」裡盧郁佳的書評是很過癮的享受。不論本土或是國際的藝文動態、知名老手和新人的近作，就連偵探、謀殺、漫畫、網路文學，她的資訊與分析都是既準確又有趣。好像哪家麵包店推出什麼好吃的糕點，她都能在出爐的第一時間吃下，然後好整以暇地告訴你她的食後感。非科班的出身，使得盧郁佳的文學評論有學院的水準而無學院的包袱。她可以站在吳爾芙所說的「一般讀者」的立場，單純地就書論書。「罔顧」文學圈和學術圈的倫理常規與論述定見，盧郁佳反而能直指作品優缺，甚至批評家們的盲點。用功博學、不流俗的眼光，以及對文學獨到的品味，使她嬉笑怒罵的文章裡暗藏精闢入裡的針砭。會意處總讓人拍案叫絕。然而她的勇猛嗆聲、尖牙利嘴，有時還眞叫人爲她捏把冷汗。

這樣一個獨特的新生代作家，寫出來的小說自然也不同於一般。《愛比死更冷》這本光聽書名就怪怪的小說，若非封面署上作者大名，從內容、語法、情節、人物各方面看來，眞要讓人誤以爲是本翻譯小說。書中每一篇章的場景描寫、人物刻畫，都有如攝影鏡頭的推進，遠景、特寫、聚焦、淡出；章節的安排亦有如分鏡筆記，敘事模式特重視覺效果，讓人有欣賞電影或看漫畫的臨場感。節奏緊湊、絲毫沒有拖泥帶水，十足年輕人的速度感。

這部長篇小說的內容由兩個父親和一個生長遲緩的女兒的故事來開展。長不大的小女孩安娜，好像君特·葛拉斯《錫鼓》的男主角——成熟的心靈與人格禁锢在幼小的身軀裡。只不過，《錫鼓》裡的小男孩是拒絕成長抗拒現實，《愛比死更冷》的小女孩則純粹是生理上的成長遲緩。兩者皆因爲違背自然法則而惹來人文的疑懼和排斥。對小女兒如此，連帶地更拖累她的父親。科學家父親因爲她的不正常，必須藉由不斷地遷換工作及住所來逃避別人的異樣眼光。不能長久工作的後遺症，使他變成愛情遊牧族，四處靠騙取孀婦的同情與資助維生。然而時間一久，眞相大白，當女友或妻子想要送走安娜，以保全兩人情愛世界的完整時，善良的父親在親情與愛情的兩難中只能保全女兒，父女倆再一次捲走富孀細軟選擇私逃。表面上他是愛情的騙子，實際上當那些女人嫌棄安娜時，她們已經是鄙視他的某一部分。眞實的他永遠無法被愛他的人接受。最後父親年老色衰，女兒忍痛自動離去，好讓父親有個落腳的地方頤養天年。第一章雖然僅只十二頁，但是簡潔深邃，幾乎可以獨自抽離開來，個別成爲一篇短篇小說。

自第二章開始到第十章，故事轉入安娜身世之謎。在歷經了驚悚浪漫、奇幻推理等種種好看小說必備的過程之後，謎底終於揭曉，原來安娜是她母親與尼斯湖水怪私通的結晶。而這個修練人形、法力無邊，甚至啓蒙Z過美國大文豪愛倫坡的水怪，卻企圖誘拐、消滅親生女兒，以茲毀滅自己存在的證據，永保安康。故事雖然複雜，但布局縝密、環環相扣，倒也自圓其說。只是，面對新生代作家天馬行空的想像力，煞有介事的邏輯立論，眞讓我這種五年級前段班同學油然心生大江東去、時不我予的興嘆！

還令人安心的是，儘管內容曲折離奇、匪夷所思，《愛比死更冷》終究是關注在

「愛的本質」這個亙古的主題。諸如愛與犧牲、愛與背叛、愛的眞實與虛幻、愛我的人和我愛的人的種種辯證，依然是新世代裡的疑難雜症。愛，難道眞像尼斯湖的水怪，眾說紛紜、莫衷一是？就算存在，也會穿越時空，害死你！

二〇〇二年十二月十五日《聯合報》讀書人版

盧郁佳。《愛比死更冷》。洪範，二〇〇二年。

為長者，不諱

——評孫康宜《走出白色恐怖》

冤屈不是都被洗刷了嗎？正義不是已經伸張了嗎？林立的紀念碑，顯著的紀念館，立法明定的補償條例，以及大量出土的研究資料、回憶祕辛和紀錄影片，不是都爲那些遭受政治迫害的無辜百姓平反了嗎？解嚴後眾聲喧嘩的社會不是讓所有的人盡情申訴了他們的委屈、憤怒和悲情了嗎？積鬱累年的民怨甚至讓不義的政權付出了代價。果眞如此，爲什麼幾年來只有不到三分之一的政治受難者向「戒嚴時期不當叛亂暨匪諜審判案件補償基金會」提出補償申請？爲什麼還有這麼多人，寧可放棄昭雪清譽的機會以及枉擲青春換來的一丁點償金？沉默，是不敢，不能，不願觸及敘述那多年難言的隱痛？還是拒絕和解的終極抗議？

在坊間描寫政治案件的書籍中，《走出白色恐怖》是相當特殊的小品。它不從控訴、揭發面著手，反而平實地由一個受刑者家庭及其往來親友的互動，側記時代的氛圍。這部烙印本土傷痕的自傳性作品，作者竟然是以古典詩詞研究享譽國際漢學界的孫康宜教授。多年來，她的學術論著一直是古典文學課程裡的教科書。她發掘出的明清女性詩作，並號召六十幾位漢學家共同選譯中國女性詩詞與評論的選集，確定了女性書寫在漢學研究裡的地位。她歷任耶魯大學東亞系主任、所長等校務行政經驗，使她屢屢奔走中西學界，推動全球化教育改革。

身為當前美國漢學界裡最有影響力的女性華裔學者之一，孫教授在各種演說場合裡總是侃侃而談。原來這種專業自信又優雅風趣的背後，隱藏著她克服〈在語言的夾縫中〉的成長血淚。外省父親與本省母親的聯姻，原本幸福美滿，為了躲避戰亂從北京遷居母土，沒想到一來就遇上族群流血衝突的「二二八」，四年後孫父即被羅罪入獄，長達十年。政治犯家屬的不名譽身分，每在她身為外省人卻講一口台灣國語的「不正確」發音中，流露出端倪，惹來同學輕蔑猜疑。身分、語言、政治上的不安全感，使她噤聲緘默，甚至選擇親近英語和外國文學來逃避現實中的恐懼。弔詭的是，意外練就的外語能力，日後竟成孫教授在國際間為中國文化發聲的工具。禍兮福兮？作者從她個人家族的經歷中爲白色恐怖的影響提出許多不同角度的省思。

就像典型的政治受難者的家庭一樣，孫家有一個被迫缺席的父親和一個強韌堅貞的母親。這個台灣好女人，既爲丈夫擔驚受怕，又得拚命在經濟和精神上撫育子女不被敵意的環境折毀。比較特殊而令人欷歔的，當屬那位充滿理想主義父親的際遇：在台灣因爲同情本省人的社會理念而服刑，他離鄉來台的「罪證」卻又使大陸親友飽受清算鬥爭。然而除了表彰苦難的父母之外，本書更想向在風雨如晦的高壓中，向他們伸出過援手的親友們，甚至是素昧平生的路人、車夫，致敬。正是像這樣的家庭與善良的人，這些超脫功利的人道關懷，爲酷寒的歲月增添些微溫暖。正如作者在自序中的說明，「這本書並非控訴文學，也不是傷痕文學」，而是一本「感恩」的書。「那些善良的人大多是被世人遺忘的一群，他們也一直承載著複雜的歷史政治糾葛，因此我要特別把他們的故事寫出來。」

回首蕭瑟向來處，《走出白色恐怖》裡特意著墨的並非那人盡皆知的高壓政權，而是被勢導扭曲的人性——盲目地重複政治上的省籍語言意識偏見，莫名卻氣壯地傷害他人。這種伺機而起的吃人的文化，也許才是最最深層、陰魂不散的恐怖。由受難者子女的眼光，折射出五〇年代的生活小史與社會反思，孫教授展現的文化視野與生命厚度應該可以撫慰許多苦難的前輩們：你們的理想信念並沒有傷害到所愛的親友。相反地，你們的磨難使我們踽踽摸索的成長，格外深刻。

二〇〇三年三月二日《聯合報》讀書人版

孫康宜。《走出白色恐怖》。允晨，二〇〇三年。

振保與蚊子

——評章緣《疫》

乍讀書名，直接產生的聯想是卡繆的《瘟疫》，一本設定在世紀黑死病的威脅下，思索人存在意義的經典名作。章緣的新作《疫》雖不至於這般沉重，主旨卻也是從所謂的中年危機上，對人生意義的再思考。置於當前的文學市場中，這本書顯得相當清新。沒有任何先行概念的左右與負荷，不跟當前發燒議題掛鉤，不賣弄前衛實驗性敘述技巧，也不投機討巧地描寫光怪陸離的奇人異聞。對於早已厭倦常年來高來高去、故弄深奧玄虛的小說讀者們，《疫》是一本可以恢復閱讀胃口的書。小說裡的主要角色都是尋常的中年男女，過著一般中產階級的人生常態：小時候認眞讀書考試，長大後在職場上爭長競勝，情海幾番浮沉最後決定（不）成家，如是謹小愼微地建立了事業及家庭。好不容易，在總算有餘裕喘息的空檔，卻突然發現一路辛苦積攢下來的成果不過爾爾：事業穩定而無趣、伴侶不再有吸引力、孩子不怎麼喜歡你、連朋友都寥寥無幾。中年危機，的確像書中比喻的蚊疫；有的人終身免疫，有的遇上剛好抵抗力弱的時候，小則發燒一陣，大則喪志傷身。

《疫》裡面感染中年危機的「病患」，主要是紐約華人社區的兩對夫妻。前一對是圖書館員曾寶林和小學教師品熙的組合，平靜地結束不再存有感情的多年婚姻；後一對則是開業醫師朱荔與科技經理蘇開程的中上階層雙薪頂客的組合，卻因老公獨自返台照料病危的寡居老母，引發夫妻倆對權利義務的爭執嫌隙。就在後一對夫婦分居兩地的冷戰狀態中，曾寶林趁虛而入。從曾寶林眼中的驚艷垂涎、口中的綿密情話攻勢裡，朱荔滿足了被重視呵寵的虛榮。她與曾寶林發生婚外情，享受了出軌的刺激，在不倫與背叛中尋求快感。

小說的發展一如作者在序言裡的剖陳，「心潮起伏，危機乍現，這時候可能會做出一些瘋狂的事，想著怎麼把人生再來一遍。但是大多數人最後還是恢復理智，選擇了妥協，跟自己，跟人生，然後心平氣和往下走。」朱荔最後決定返台與丈夫修復婚姻；曾寶林也從下堂妻身上發現往日姿影，在兒子用心撮合的野外露營裡出現一家團圓的契機。

故事的背景雖然發生在美國僑社，類似的心情與結局早已預演於半世紀前的〈紅玫瑰與白玫瑰〉。擁有的就算是火紅辣妹，久了也是牆上的蚊子血，人心總嚮往到不了口的佳餚。即使荒唐自棄了好一陣子，舊日善良的責任與煩憂遲早會像蚊子般嚶嚶叮囑，叫振保改過自新，變回好人。沒想到神奇的蚊子一活半世紀，從上海遠渡重洋到紐約，還是能叮回一干叛逆中年。人生的周期與心境轉折如此大同小異，無怪乎《疫》在美國連載時即已引起熱烈回響。

章緣早期的短篇小說集《更衣室女人》和《大水之夜》，題材多變，佳作迭出。描寫幽閨女性、兩代以及兩性糾葛的愛憎怒嗔，細膩精闢，那深不可測的人性陰暗處更散發某種神祕奇異的魅力。但在《疫》裡，作者描寫人到中年的男主角開始對年輕時狂熱的實驗劇場退燒，轉而欣賞「有完整的故事，用象徵性的舞台、道具呈現」的經典改編劇時，似乎正是暗示新作之不同既往的後設敘述。饒是如此，章緣的舊讀友們可能還是會為書中標舉的新家庭價值觀大吃一驚。不僅男主角曾寶林離婚後購買的探險型休旅車最後竟變成像某廣告裡的全家福度假車，小說中無子女、企圖心強的女性也幾乎難逃遭貶抑的評價。眼見章緣小說裡孤高自閉的女性開始有媽媽的味道，固然多了令人熟悉安全的暖意；但是，少了〈更衣室的女人〉那股嗆鼻的消毒水味，同樣也少了些縈繞回味的後勁。

二〇〇三年三月十六日《聯合報》讀書人版

章緣。《疫》。聯合文學，二〇〇三年。

靈光閃爍的迷魅

——評駱以軍《遠方》

駱以軍書寫死亡的癖好自《妻夢狗》發端，一路施展於《第三個舞者》、《月球姓氏》，到了《遣悲懷》可謂臻至高峰。鎔冶死亡、性欲、荒誕於一爐的詭麗書寫，小說多線交織並且時而斷裂歧出、時而穿插介入的敘述結構，樹立起作家獨到的文學風格。新作《遠方》延續駱以軍的一貫路數，故事從驚聞赴大陸旅遊探親的父親病危開始，細訴母子倆如何趕赴病榻照料、移送父親返台以迄最後父親辭世，此間漫長艱辛的涓滴。這趟意外的歷程，敘述者「我」不只目睹生死交關時的傖俗窘迫，同時還要面對兩岸親族聚首的生分尷尬，以及醫療、文化方式的扞格。夾處於上一代的凋逝與下一代的降臨之間，往昔的回憶汩汩湧出，引導敘述者思忖自身在家族史上的定位，宛若一段尋根之旅。類似的主題和技巧其實已見諸駱以軍的舊作，然而此番自傳性質更鮮明，沖淡了以往青少年式嬉笑乖張的作意鑿斧。《遠方》的文字裡流露出過往少見的誠懇哀思。悼亡之作，也許正是小說家「轉大人」的分水嶺。

縱觀駱以軍歷年來的創作，不得不讓人佩服他把各種活的寫出死相來的本領。在最成功的篇章裡，眾生死相宛如一幅幅靜物畫，不管死狀是莊嚴祥和抑或慘烈詭異，一頁頁盡是生命輾轉延存的悲歡紀錄，隱隱散發出早期攝影人像裡氤氳環繞的「靈光」。所謂的靈光，根據班雅明的說法，原指攝影師使用長時間曝光的方式讓人物影像自黑暗深處浮顯。不管是遠遊者或已逝者，本來遙遠故去之物竟獨一顯現眼前，成爲「此時此地」的奇異時空交集，帶給觀看者安定和充實的感受。然而，當讀者爲小說中正綻放靈光的剪影興發悲憫情懷時，駱以軍筆鋒一轉，添加個回憶倒帶或是快轉遐想，靜物畫突然活過來變成了動畫，而且開始表演起色情猥褻的奇技淫巧。幽然靈光激射成鏇鏇滾的萬丈春光，直令人眼花撩亂，目不暇給。虛實交錯裡的亦正亦邪，啼笑皆非中的觸景傷情，構成駱式小說的迷魅。只是，花槍迷障總不會次次奏現靈光。死亡和性愛固然是中外文學裡百寫不贅的題材，人世間懵懂難解的謎底，奈何兩者同樣令人疲軟，尤其是招數用老的時候。

在九〇年代出道的眾多小說家中，駱以軍以其熾盛的創作力和獨特的敘述美學，很快地脫穎出線。科班出身的訓練使得他的文學家族史可以上溯至波赫士、馬奎斯、大江健三郎，下達張大春與朱天心。一樣是悼父之作，《遠方》的成績並不比朱天心的《漫遊者》遜色。曾幾何時，文壇後浪已變成e世代寫手群學習仿效的一哥了。失父的敘述者在文本中尋思如何扮演兩個稚子的父親角色，現實生活裡的作家似乎也面臨了被視爲「師父」的期待。《遠方》的所在是過去還是未來，端看小說家進一步走向。

二〇〇三年七月二十七日《中國時報》開卷版

駱以軍。《遠方》。印刻，二〇〇三年。

林投姐的姊妹們

——評李昂《看得見的鬼》

回歸文學創作的基本面來談，你實在不能不佩服李昂豐富的想像力，即使她想的是你不想想的。性，隱諱嗎？她偏要白描箇酣暢淋漓；鬼，小道吧？她倒正襟凝神創作起《看得見的鬼》。從那些狎俗陰闇的角落裡逼現人所未見的幽光，這就是李昂，一個不斷開發故事題材、令人驚喜（嚇）、爭議紛紛，卻能屹立文壇三十年的實力派作家。

中文（女性）文學裡不乏見鬼前例，幢幢鬼影亦非是李昂小說中的生客。傳統敘述裡的女鬼，不是現身來投射男性的欲望，就是被當成懲治教化的道德例證。女作家執筆，劈頭就來個大哉問，爲什麼有這麼多冤死的女鬼？是何等「屈辱、誤解、身心受到重創」使她們喪命且不得（願）超生？但是小說重點不在復仇雪恨、伸張女權。而是探問大仇得報之後，除卻先驗目標的孤魂，她「存在」的意義是什麼？能夠建構出何種女性主體性？書中的芳魂，有的終於超脫了對形骸的卑賤感（〈頂番婆的鬼〉）、有的書寫起台灣史（〈不見天的鬼〉），也有的愛上了旅行（〈會旅行的鬼〉）。

性別、政治與歷史是李昂過去十年來念茲在茲的創作主軸。此番大張旗鼓編撰出五鬼傳說，分鎮鹿港東西南北中五個方位，似乎別具企圖。五篇小說裡最短的一篇，僅四頁，改寫自台南民間傳說「林投姐」的原型，置於國域之南，算是對台灣元祖級女鬼的致敬。東部寫的是原住民女鬼的故事，西部與北部都是描述台、閩交往的恩怨情仇。以鹿港四個區塊暗寓兩百年來島嶼四大區域裡政經文化嬗變中的轇轕。怨讟之深，冤魂之眾，竟至「每一條小巷，每一個街道的轉角，都有一隻鬼魂盤踞。」總綰全書的〈國域之中〉，描寫鹿港鬼才女以身體裡書寫愛台灣的故事，小說家的自許呼之欲出。

將鬼魂與地域空間聯結，文本赤裸地再現出權力運作於空間土地上的軌跡。根據禮儀或政治上的種種理由，空間被編派了身分秩序，規範了人的位置以及彼此間行動領域。山隘、閨闈、海峽這些樊籬「番女」、名媛與野鬼的地方，持續在生前死後發揮限制恫嚇的作用，直到每一隻鬼各自輾轉數百年，方才從地域更迭及權力重組的見證歷程中，超越跨界。簡言之，鬼是過去地景與權力關係的再現。牽出看不見的亡魂，召喚已然隱沒的地方圖像一塊塊浮現。《迷園》和《自傳の小說》式的總體性國族論述拆解成五大區域的地方書寫，每個地域記憶各自生活經驗並詮釋土地的歷史意義。

小說家立意既深，鑿斧刻痕難免外露。文獻史料的再三援引以及性技巧裡知識的夸寫賣弄，多少讓原該飛天遁地的鬼有了可被預期的方位。

二〇〇四年二月二十九日《中國時報》開卷版

李昂。《看得見的鬼》。聯合文學，二〇〇四年。

亞茲別的獨舞

——評阮慶岳《一人漂流》

自從由建築跨行文學領域以來，阮慶岳筆耕勤奮，每隔一陣子就有新作問世。從小說詩文創作到文學、建築論述以至編輯翻譯皆有相當表現。他的短篇、長篇小說成績已在閱眾間樹立口碑，他持續重劃文類、學科界限的勢道依然不減。勇往直前的熱情，猶似對著他這過盡千帆後認定的文學新歡（舊愛？）宣示，你的過去我來不及參加，你的未來一定有我，繾綣而虔敬。

新書《一人漂流》是阮慶岳近日在創作和評論上的小集成；某種程度上亦可視爲是他文學建樹上的模型，展現其書寫上的特色。輯一「一人漂流」像是小說極短篇又像散文，輯二與輯三分別以散文和書信體的形式，或抒發經歷心得或議評中外文學。其中自道其小說傳承、與七等生過從往返、重建鄉土文學現場的記載，應是阮氏「粉絲」們或有志於考據文學流派者興味盎然之處。

輯四「妳的世紀，我的哀傷」比較特別，以訪談的形式記錄一個中英混血老婦人的生平故事。斯是隱居在台北市區巷弄裡的平凡人物，起落曲折的悲喜遙遙呼應歷史的興替，然真實親切猶勝。阮慶岳筆下的女性多是強韌堅毅而且血肉飽滿，如《林秀子一家》裡搶眼的女性傳統。訪問中的奶奶也是豁達開朗，不僅妥善安排自己的獨居生活，還能智擒登門行騙的宵小。這則訪談很像是一則田野調查，尋訪城鄉街坊裡豐沛的人文風情；只要稍加留意，也許就能從那些尋常的鄰人瓦舍裡，發現耐人尋味的傳奇。

不管是阮慶岳的小說與散文，常常夾帶著一些現代主義式的沉默或頓挫。這些中斷的空白，奇異地散發出某種無名的陰性的特質，「清淡淡君子般的、晨起山間忽起忽散一陣輕霧薄紗般的」。精采時，藏匿在文字段落中的留白，將文本外緣歧出的脈絡集結聚攏，逼露出內裡抑遏的騷動、紛擾纏結的思緒，例如《哭泣哭泣城》裡的短篇〈蝴蝶〉與〈保險業務員〉。《林秀子一家》結尾中，鐵娘子林秀子終於將一輩子輾轉於塵俗、鬼神之道的心酸委屈盡付放聲一哭。眾弦俱寂的片刻，那唯一高音，力道直逼天聽。無言轉化成最具危險性、顛覆性的謊言。

「從夢境出發……穿著詩的衣服……踏著小說的舞步，獨自無人以忘我的舞姿，在所有人醒來前的清晨，悄悄書寫過台北城市最神祕陰暗的迷宮一角」，可說是《一人漂流》甚至是阮慶岳創作最佳的注腳。然而他就像一個率性的主人，邀請讀者進入他的家中，私密手訪、書信、工作訪談、生活照片展示歷歷；他興高采烈地講故事、發議論或是低迴感性地與你交心。之間，卻又斷斷續續地陷入一陣緘默或是喃喃自語。你不知道那是作者刻意設計讓讀者乘暇心領神會，還是他任性地沉浸於恍惚冥想以至於罔顧形式結構？面對文本裡的缺遺或衍句，你不知他是否在乎表意系統裡的溝通符碼，還是更重視單向內在的追索？最尷尬的是，主人一人漂流的時候，訪客又該何去何從？

二〇〇四年七月十八日《聯合報》讀書人版

阮慶岳。《一人漂流》。印刻，二〇〇四年。

天若有情，天亦老

——評陳淑瑤《地老》

一九九九年出版第一本小說集《海事》時，陳淑瑤已經寫出像〈女兒井〉等引人注目的作品，幾篇書寫澎湖的短篇尤其雋永。短短五年，她的文筆在新作《地老》裡淬鍊得益發穩健純熟，內斂且豐厚。十則精緻的短篇小說，勾繪成澎湖文學的新面貌。躍進的速度，令人激賞。

閱讀陳淑瑤的小說，猶如夏日午后凝望遠處海面的船隻。乍看之下，水面無波，船身行進緩慢得彷彿靜止，不見高潮起伏的情節、顯眼的人物或對白設計，平淡得情思睡昏昏。一旦靜下心來領略她行文鋪陳的節奏，讀者自能從那細微的波紋下感受到潛蘊的浪濤。一篇接續一篇讀完，心裡的漣漪愈盪愈大，喟嘆愈積愈強，竟至難以掩卷。

以〈吹灰〉和〈沙舟〉這兩篇描寫澎湖郎的婚姻小品為例。表面上兩對夫妻都稱得上恩愛幸福。〈吹灰〉的男主角元章娶的印尼新娘熱心能幹，是村裡異國聯姻中的楷模；〈沙舟〉的台灣媳婦小霞嫁給澎湖情郎，老夫老妻三十多年。在平順、稍嫌單調的日常起居中，元章和小霞似乎都為著什麼困惱著，悶悶地煩躁。但是他們的心事卻被作者剋扣留白，不輕易托出。讀者只能莫名地看著元章勸阻他人別娶外籍新娘不成，氣惱到足不出戶；小霞的行徑更像熱鍋上的螞蟻，成天為了燙頭髮、擦指甲油這種芝麻綠豆事奔波，為了穿什麼衣服、隔壁厝蔓生過來的冬瓜摘不摘和老公鬥氣拌嘴。一直要到末尾，小說的主旨才會豁然開朗。原來元章對於相貌的自卑轉化成為對戀愛成功的渴望——美麗女子的傾慕方能美化他自我認知的形象。不勞而獲、不費吹灰之力的買辦婚姻不啻公開彰示他的缺憾，標誌著他追不到同種女子的挫傷。小霞對外貌的注重也並非虛榮作祟如此簡單。時尚裝扮等等現代、都會文明的特徵，正是她有異於澎湖／鄉村的台灣媳婦的進步身分象徵，獨立於丈夫管控外的自由的需索。

這些不足為外人道的闇晦人性藏匿在作者針腳細密卻不作意雕琢的布局中。閒適澹然間，婉轉地洩漏出市井小民們的心事。透過十篇看似恬淡的小品，我以為，陳淑瑤更人的用心卻是呈現澎湖人文生態的景觀及警訊。例如誤以為拾獲珍獸卻在木柵動物園裡發現一堆的〈似不像〉，或是巡邏員警跌入井裡成為待援井底蛙的〈守夜〉，文本的襯裡無一不是包裹著澎湖地方身分的焦慮：究竟是有別於台灣的奇珍還是四不像？是駐守前防的悍將還是困守的散兵？擺脫「外婆的澎湖灣」式的童貞般謳歌，陳淑瑤稜照出離島上婚姻、就業市場局限、人口老化等嚴重問題。當地年輕人大量外移流失，移入的青年人口——阿兵哥（〈像威尼斯湖的海〉）或特種行業女子（〈玉荷包〉）——都只是季節性過客。老弱貧病的居民，如〈續集〉裡的老寡婦阿雀，形同被遺棄等死，賴著鄰居時斷時續的照應苟延維生。

《地老》勾勒出的澎湖風情畫素樸而深刻。它寫出鄉里生活中，適意自在兼具昏沉困頓的複雜性，以及邊陲地區裡既猜忌競爭又互助關懷的社群文化。也許正如同名篇章〈地老〉裡年輕村幹事的感受，淳樸保守的民風雖然限制了他與女友戀情的進展，但是土地上殘存的古老石牆有如亡父的情書手記，永是斯土斯人顛撲不破的真實記載。世事儘管多變，地已老天可荒，人情脈脈，不絕。

《聯合文學》二〇〇四年十月號

陳淑瑤。《地老》。聯合文學，二〇〇四年。

也是我們伈

——評平路《讀心之書》

平路的文字愈寫愈好，不管見諸小說或是散文。早期平路的作品理性掛帥，主旨宏偉嚴正，句構因而沉重。自從《巫婆の七味湯》之後，她的感性逐漸釋放出來，條理依舊犀利分明，文辭卻出落得俊俏伶俐。文化批評的部分言簡意賅地直指議題核心，但處理私領域的文章中，線條明顯地柔和下來，敘述語氣裡還散發出自適、慵懶、甚至性感的魅力。

新作《讀心之書》更徹底地卸除大部分的心防武裝，誠悃地托出作家的起居、耽溺，以及爲人子女的煩憂。描寫她和老邁雙親相處的篇章最是令人動容，勾勒出許多中年子女面對衰老父母時的萬端心緒，無怪乎見報後迅速博得回響。平路翔實地刻畫出中間世代拉扯於自我事業的開拓與稍縱即逝的反芻時機間，既疲乏自責又欣慰偷安的窘態。施與受的角色易位不斷觸動作家傷逝昨日之日裡的親子糾葛；另一方面又從父母的孱弱與依戀（賴）中驚見自己未來衰落退化的景況。配合平路近年來發展出平易卻有韻律的造句遣詞，情緒收放間從容節制，情感格外蘊藉而醇厚。

《讀心之書》讓我聯想起《我們仨》。但比起形單影隻、追憶著亡夫亡女的楊絳，平路何其幸福。至少是黑髮人記述白髮人，最重要的是，一抬眼，至愛的雙親還好端端在眼前。

二〇〇四年十月二十四日《聯合報》讀書人版

平路。《讀心之書》。聯合文學，二〇〇四年。

宛在水中央

——評成英姝《似笑那樣遠，如吻這樣近》

以怪怪美少女風格艷驚九〇年代文壇學界的成英姝，用無厘頭情節邏輯兼具黑色幽默與暴力的後現代敘述思維，一新小說書寫及閱讀的預設模式。一路寫來，她已經自創出一套我抓得住你、你抓不住我的獨門招式，機智、伶巧、諧諷並且玩世不恭。自《無伴奏安魂曲》之後，沉潛了五年的成英姝再推出長篇小說，這次出手果眞又出人意料。新作《似笑那樣遠，如吻這樣近》竟然反璞歸眞，回歸到抒情敘述的文學傳統。

有別於以往突梯詭異的故事，《似》的情節並不複雜，主要描寫女主角與兩個夢幻般美形又多金的少男的戀情。小說藉由異性戀女性愛上男同志的無望與女大男小的師生戀，反覆辯證愛情的型態及本質。也許取樣的兩段情愛多少讓人想到日本漫畫裡偏好的題材，但是通俗的母題不一定妨礙藝術性的表現。「不寫實」的人物背景反而得以超越情愛的世俗考量，逕行形上層面的探討。此一創作上的新轉變展示成英姝企圖開拓書寫境界上的努力，但也暴露出過渡階段的調適問題。

我覺得成英姝試圖改邪歸正時，有了自廢武功的綁手綁腳。即使她想誠懇地去探問更深沉、深刻的意義，書裡選樣的兩段薄弱戀曲卻難以達成目標。偏偏關於愛情的種種反思在敘述傳統裡，珠玉眾多，鶴立不易。《似》作裡都會男女調情兼玄談的部分，令人聯想到朱少麟的《傷心咖啡店之歌》，而設計兩個鏡像般雙生角色的形式結構以茲彰顯情愛思辨的主旨，亦難超越蘇偉貞《沉默之島》的格局。

所幸成英姝的才華在摸索轉型中依然閃耀其間。時見新意又頗耐尋味的對話與情節鋪陳，以及戀上男同志的女性心緒刻畫得相當細膩深入，展現過往少見的內斂與厚度。我期待，接續著這次的調整琢磨之後，成英姝的文才將有更上一層樓的表現。

二〇〇五年二月六日《聯合報》讀書人版

成英姝。《似笑那樣遠，如吻這樣近》。印刻，二〇〇五年。

凡辛苦播種者，必歡呼收割

——評《青春的偷竊歲月》、《相遇》

一般認爲，文學是虛構的、天馬行空的想像，法律則是實務的、精確理性的規範。表面上看來水火不容的兩造，其實皆是牽涉人性欲念與倫理的敘述、推敲與判斷。當互爲鏡像的兩者產生碰撞的時候，由形式上的差異激發出的張力可以爆出精采的火花，而本質裡對人際倫常的共同關注亦得以匯集合流，讓私我與公理在拉鋸對話間鑑照彼此的洞見或不見。文學與法律的異業結盟可使一般人不易看懂的條文翻譯成淺白的描述，教導民眾認識法律在生活裡的有形無形作用；以個人需求、經驗爲出發點的文學，卻也可以摹寫出司法的不足與亂象，促進司法界的反思及改革。

在國外，法律小說常常是暢銷作品，好萊塢電影最愛改編的原著。這些法庭戲裡不僅讓我們熟悉訴訟的程序、攻防，還讓我們了解許多行業在當代文化裡新舊觀念與法規衝突的觀點辯證。電視影集史上，從早期一板正經的《洛城法網》到近年黑色幽默型態的《艾莉的異想世界》都是膾炙人口的法律劇典範。描述檢察官懲凶罰惡伸張正義的日劇《Hero》，亦使日本青年心嚮往之，報考檢調人員的考生激增不說，最重要的是讓人民對法制系統產生認同、敬重並且信賴的感覺。反觀國內這類的戲劇與文學相對貧乏，不是傳統的包公、施公案式戲劇，不然就是每有誤導嫌疑的通俗奇情劇。對於文學次文類的推展或是法治觀念的推廣其實都不是好現象。

二〇〇三年開始舉辦的法律文學獎無疑是支強心劑。台北律師公會的前後任理事長以及幾位律師，不僅投入寶貴的時間還要自掏腰包籌備一個這樣的文學創作獎項，致力讓艱澀法律知識透過敘述方式的簡易普及。在二十一世紀還能看到這種爲義忘利的愚公壯舉，眞是令人動容。連續兩年得獎作品的出版，讓我們很驚喜地發現到，法律與文學交歡的成果。才短短兩年，六篇入選的中篇小說，六種不同的法律案件，已經展現出法律文學成爲次文類的豐厚潛力。

這兩屆得獎者相當平均，有律師、文字工作者，也有親受其害的司法受害者。描寫的案件既有一般常見的青少年慣竊案件、刑事與政治冤獄、執法者的通姦案例，也有更專業的古文判決檔案以及國際企業併購法。文字工作者可以用想像、文人精神挑戰法律條文的戒規，受害者的經歷可以提醒公權力行使時的謹慎，法律人的專業訓練可以提供更細節詳盡的說明。寫作者的不同背景爲法律小說帶來多元面向，也讓人對律法可應用涵括的範疇有更清晰的認知。可以預期的是，閱讀大眾必能從這兩本創作集裡獲得讀小說的樂趣與法務常識，但我們更期待這個獎項的持續推動，最終改寫文學與法律的界限，催生出相互輝應的新的書寫類型。

二〇〇五年四月十日《中國時報》開卷版

吳音寧、汪紹銘、郭國楹。《青春的偷竊歲月》。商周，二〇〇三年。

黃丞儀、劉裕實、侯紀萍。《相遇》。商周，二〇〇五年。

生者的沉淪或救贖

——評郝譽翔《那年夏天，最寧靜的海》

郝譽翔的小說常有新奇的構思，《那年夏天，最寧靜的海》亦匠心獨運。小說一開始，敘述者「我」因潛水受困海底，電光石火間回想起旅途中偶遇的陌生男子無尾熊轉述的故事。接著第一人稱轉爲無尾熊，敘述他如何再三掠食他人的愛情，卻招致情人的死諫「報復」，至此彷彿受到咒怨、徒然拖著一身臭皮囊（自我）放逐於無盡的荒蕪時空中。在一次旅行中，他巧遇幾位台灣旅客，聊到類似他親身經歷的一個電影大綱。爲打發時間，每夜由一個人接龍虛擬一個版本。最後輪到無尾熊講的時候，居然發覺所有人都不在、甚至不曾存在；連所謂的無尾熊男人，一樣在小說最末章、那個困在海底的

「我」的眼前，消失不見。

眼尖的讀者不難看出這樣的敘述形式脫胎自《一千零一夜》與《坎特伯利的故事》。但迥異於這兩部眞講故事的名著，《那年夏天》顯然志不在此。書中一個個謎樣出現又消逝的人物，一段段如眞似幻情節，眞扣問的是形上哲思性的問題，以及鋪陳迴旋似出現的憂傷主題：「死者逮住了生者。生者從此被終身監禁。」而情場上的生者，「贏家」的代價是蟄處於「一種懸浮在半空中的狀態：永遠的異鄉人，放逐者，沒有過去，沒有未來，喪失了一切的座標，也找不到進入的通道，完全的疏離，終極的虛無。」也許，只能像《一千零一夜》裡的女主角，必須依靠不斷的敘述延續生命。

弔詭的是，這種接龍的形式既是優點也是缺點。當作者在第一夜、第二夜的虛幻版本裡洩漏創作旨意時，讀者對接續的故事即已失去細細品嘗的耐性。原先的懸疑趣味被冗長且重複的情節給沖淡，幽渺的生死愛恨辯證在缺乏具體的生活血肉的襯托下，亦難顯深刻。概念化的設計反露痕跡。

作者自云爲創作這部長篇，蒐集了許多資料。小說的確展現前作中未見的風土摹寫與人文觀照，用心值得肯定。尤其新作企圖擺脫以往的寫實層次，宏觀探究存在的形上奧義，足見其更上層樓的創作功力。擅以巧思短篇出擊的郝譽翔，若能再拉長文氣、厚實長篇小說的肌理，未來的大躍進諒不遠矣。

二〇〇五年六月十九日《中央日報》副刊

郝譽翔。《那年夏天，最寧靜的海》。聯合文學，二〇〇五年。

清冷的青春迴旋曲

——評柯裕棻《冰箱》

柯裕棻的散文寫得好，沒想到她的小說竟然這麼好。首部小說集《冰箱》的表現，令人驚奇刮目。

《冰箱》收錄七篇短篇及一篇中篇小說，文字晶瑩，風格清冷。如果金庸筆下的「古墓派」武功能運用到敘述美學，《冰箱》堪承衣缽。奇詭中略帶黑色幽默的情節卻又相當程度地彰顯出現代、另類的青英女性特質。像大多數的年輕女作家，集子裡有許多探討都會男女的（不穩定）情愛關係，以及隨之而來的猜疑與孤寂感。例如〈分手日記〉裡聞得到分手者身上特殊味道的主角，嗅著自己情愛壞死細胞散發出來的難堪氣味，自憐憐人地分辨每一段感情的大限。不斷被男友劈腿的女子最後把自己關進〈冰箱〉。她要的冰箱是務實家常、井然有序，可以拍幸福家電廣告的類型。對男友來說，吃完她這顆橘子，還得多吃叫做蘋果、番茄、蓮霧的女友們，才是營養均衡。一只冰箱，象徵兩人不同的情感態度。女生想延長幸福保鮮期，但看來再怎麼新鮮，也是昨天的貨色。

男女的親疏濃淡只是作者展演疏離人際關係的一環。貫穿這七篇短篇的共同寓言，毋寧是個體的無法沾黏，於其他個體，於外在環境。這種沒有意義的飄蕩與游離，就像〈加州旅店〉裡失卻時空座標的旅人，坐困在無形的牢柵，或似〈桌子〉一篇中，被心裡的黑洞吞噬消失的女生。正如柯裕棻在序言裡自剖，「這些無非是孤獨的感觸，每個故事的人物都在他們（也是我自己）的腦海裡做無聲的吶喊，在籠子裡走來走去，走來走去。」七個短篇，儘管文采構思俱見巧藝，多少可見作者自嘲的，「那些苦悶和躁鬱，那些掙扎，眞是，花雨滿天的青春哪。」

然而全書的壓軸中篇〈單車少年〉卻出落得淳樸老練，精簡、詩意的造境及對話下，掩藏著傷逝的極度悲慟。一個母親病故的少年遇見一個母親失蹤的少女，各用壓抑和叛逆的方式來應付他們無能處理的家變。兩個懵懂的大孩子試圖以世故、不動聲色的方式取代母親的地位，挽留或懷憂消沉、或另結新歡的父親，勉強撐住家的骨架。一方面相濡以沫，一方面又為相互萌發的曖昧情愫撩撥窘惑。踉蹌進退間竟然雙雙落空，苦澀孤單的年少歲月依然遙迢無盡。

〈單車少年〉是近年來少見的中篇傑作。純淨的文字將細膩深沉的情感收發合度。小說裡借鋼琴樂音調節情緒起伏的描述，更屬上乘。淡淡然的成長物語讓人想到岩井俊二的電影，去除掉奇蹟與快樂結局的寫實版本。〈單車少年〉的成功提升了《冰箱》的整體藝術層次，也讓我們對柯裕棻加入小說的創作行列報以熱切的喝采。

二〇〇五年七月十六日《中國時報》開卷版

柯裕棻。《冰箱》。聯合文學，二〇〇五年。

歡迎歸隊，然後

——評黃凡《貓之猜想》

華盛頓．歐文膾炙人口的小說《李伯大夢》，描寫一位男子在山裡睡了一覺，醒來下山竟發現悠忽已過二十年。家鄉從英屬殖民地獨立成美利堅合眾國，村民老成凋謝，認識他的人已經不多。李伯驚訝錯愕，忖思，「沒有人記得李伯了嗎？」心裡一時翻騰著焦鬱、失落以及身分定位混淆等等情緒。

黃凡的際遇自非庸碌的李伯可望項背。黃凡在八〇年代寫下質量俱豐的文學成績，使他儘管自九〇年初隱遁靈修十年，還是令人念念不忘。等待中不免揣測，向來形式題材變異萬端的作家，是否正閉關打造獨門祕笈？二〇〇二年重出江湖，連續推出兩部長篇，《躁鬱的國家》和《大學之賊》，今年則結集近期發表的短篇小說成書《貓之猜想》，積極彌補久違的讀者。

《貓之猜想》的七篇小說約可區分三種類型。一類是都會年輕男女情愛遊戲，如〈貓之猜想〉、〈無聊死了〉，有黃凡式乖張突梯的兩性交往模式，添加些對時下小孩的無厘頭想像。第二類是關於文學產業以及運作的解嘲或解構，顧名思義的〈邪惡主編〉、〈作家算命師〉，加上一篇〈土地公〉嘲諷話語及其機制的神聖性。第三類型則屬社會諷刺小說，不管是針砭當前粗糙文藝政策與表演生態的〈三十號倉庫〉，或是影射兩岸爾虞我詐的政經角力丑態的〈聽啊！錢的叫聲多雄壯〉，無不狠狠揭露後資本主義社會裡膚淺的文化邏輯，與浮動其間躁進、扭曲的人性。

這三類小說素爲作家拿手強項，《貓之猜想》應可一饗黃凡忠實書迷的懷思。幸運抑或不幸的，正因爲我們沒忘記黃凡，我們都還記得他攻掠過大小文學獎項的、已（必）收錄入各種小說選集裡的代表作有多精采。《貓之猜想》雖是力作，未若舊作之精準老辣。黃凡對時下都會戀情的掌握不如《溫柔的慈悲》世代的貼切，倒無可厚非；反思文學傳統及文化機器的新作，從〈如何測量水溝的寬度〉、〈系統的多重關係〉的實驗尖銳路線往回修正亦有可觀。反倒是黃凡當初崛起、並以此復出的社會諷刺小說最不符期待。〈三十號倉庫〉、〈聽啊！〉連同《大學之賊》和《躁鬱的國家》雖拳拳到肉、擊中各種亂象，熱鬧有餘，卻失去〈賴索〉或〈大時代〉裡的深沉深刻。在擾雜嬉笑的文本裡，我感覺到似乎有另一種躁鬱的脈動。

這股躁動，也許類似李伯睽違故里後的震盪。冷眼旁觀大環境全面性的質變惡化，作家忍不住將目睹的怪現象拿來消遣批判一番，急迫之中顯然還來不及消化轉化那些現成的社會素材。台灣文壇既已等待了黃凡十年，諒必不會吝嗇讓作家再多給自己一些調息的時間。

二〇〇五年七月三十一日《聯合報》讀書人版

黃凡。《貓之猜想》。聯合文學，二〇〇五年。

輯二

奮鬥・抗爭・大和解

——評林玉玲《月白的臉》

林玉玲，是出生於馬來西亞的華人、而後留學定居美國的英美文學系女性主義教授。《月白的臉：一位亞裔美國人的家園回憶錄》是她出版於一九九六年，並榮獲同年美國書卷獎的英文自傳。對於有志於華美文學、馬華文學、後殖民理論或是多重身分的研究者，都可從中拾取保貴的佐證與啓發。但是撇開這些堂皇架構，卸下政治正不正確的冠冕，我們是否能先從個人談起？身爲學者、詩人和小說家，林玉玲可以運用學術論述理性地分析自己族裔性別的處境，也可以施展藝術而虛構的語言表達私密的情感，然而她卻選擇最直接赤裸的回憶錄方式來呈現她的經歷。這是否正是意味，生命本身實在是超越任何既定的屬性分類？存在，以其最簡單基本的方式來看，即是意義！

顧名思義，《月白的臉》是林玉玲回顧移民前後生活的紀錄。全書四部分，大半篇章記敘童年以迄留學前夕，小半章節處理去美後的生活。前半部敘述性、故事性強烈，後半部加重議論，情緒轉爲內斂沉厚。成長在英屬殖民地時代馬來西亞的華人家庭，父系親屬說福建話，母系說馬來語，林玉玲自幼周旋於多元語言和族裔之間，倒是自在自適。習慣在這樣文化雜混的環境裡，「我們照這個話講一點，那個講一點兒，各族群有好吃的就偷偷學來，付錢請道士來誦經，同時又照著西洋的時尚雜誌打扮自己，挑我們心儀的舉止加以模仿。」

貧窮而嚮往西方文明的父親，靠著「海外高級劍橋文憑考試」的合格證書養家活口，從小就教育小孩以英文爲第一語言，觀賞英文雜誌、漫畫和電影。父親的教育的確慎謀遠慮，聰穎上進的林玉玲不僅依靠英美文學的綺麗世界度過父母離異後貧苦寂寞的慘綠少年期，更憑藉著對宗主國語言文化的嫻熟與熱忱，一路順利獲得獎學金考上當地的一流大學及研究所。宛如脫韁野馬，林玉玲開始活躍於藝文圈，與鴻儒暢論文學、時局；像含苞初放的青春少女，她經驗戀愛、失貞、同居等情愛階段。最後她又申請到獎學金，赴美攻讀學位。寒窗苦讀十年的學子，在統治者許可的遊戲規則內，終於靠著自己的才學改變了原來的階級地位，擺脫家庭的束縛，往更高枝頭飛去。

這一則彰顯個人意志與力量的勵志故事在抵美後變調。林玉玲力爭上游到美國後反而變得低沉消極。「身爲一個異鄉人，她不在現時社區的記憶裡，不在社會重重的結構中。」從當地人的眼裡，她正視到自己如「客人、外地人、局外人、待錯地方的人、乞討的人」。縱然一路學舌認同英美文化，企圖抹殺自己他者的身分，游到最上層，終究是格格不入的，他者。

在林玉玲思索自己與家鄉和異鄉關係的過程中，從小最寵愛她的父親的過世是最關鍵的刺激。跟所有以兒女學業爲重的中國父母一樣，父親直到癌症去世前都還寫信寬慰她，謊告病情日漸好轉，不需要她回來探望。在父親的遺物裡，林玉玲才赫然發現一封未寄出的信，裡頭寫道「我希望你現在回來」。爲了讓父親瞑目，林玉玲開始節省開銷，寄錢回鄉給素來不睦的繼母撫養同父異母的兄弟們。她想拋棄的都回來了。自我與家庭血緣不可分割，她從而體認到社群的意義，並且逐漸願意爲她所屬的任何一種弱勢身分發聲。

在與翻譯者張瓊惠教授的訪談中，林玉玲說明了她寫回憶錄的三重動機，既爲了讓美國讀者多了解亞裔文化，更爲了給在男性和馬來人主導下被排擠邊緣化的女性和華人，「證實華僑在馬來西亞的奮鬥史」。儘管隱含政治企圖，不掩此書濃厚的文學性。

作者以說故事的韻律節奏，佐以詩人豐富的意象妙喻；翻譯文詞優美流暢，毫無一般譯文的艱澀，顯見譯者之用心。是一本既具研究參考價值，又絕對適合大眾閱讀的作品。對於飽受族群困擾的台灣讀者而言，再說族群，太沉重。但如果我們能在《月白的臉》裡讀到某些華人文化裡共有的現象與情感並且產生共鳴感動的話，也許個體的存在的確能超越屬性類別。異中求同，或許並非絕不可能的夢想！

二〇〇一年九月十七日《聯合報》讀書人版

林玉玲。《月白的臉》。麥田，二〇〇一年。

橫眉冷對・繞指柔情

——評黃碧雲《血卡門》

「女性必須通過她們的身體來寫作」，法國當代思想家西蘇（Helene Cixous）如是說。書寫身體，有助女性創造出獨特的語言，「這語言將摧毀隔閡、等級、花言巧語和清規戒律。」身體書寫包含情欲書寫，卻遠甚於此。肢體運展間更有心理激迷愴悸的跡痕、生命能量的釋現，以及自我與他者交感互動的狀態。《血卡門》將身體書寫在中文創作中的意義提升至更高、更深遠的層次，讓女性話語的顛覆性增加又一層可能。

黃碧雲是近年來香港文學裡最特殊、最亮眼的小說家。她的文本不僅無視一般的人物情節鋪陳、敘述結構成規，亦無視常人對暴力、傷亡以及倫常綱紀的底線。她冷靜卻又十分誠實地再現出萬物芻狗、支離心碎的不仁天地：疏離、背棄、侵害、傷逝。奇怪的是，在這種不惜對身體「橫徵暴斂」的敘事底蘊，每每閃動著作者強自忍抑的款款柔情，以及對人世的炎炎熱腸。黃碧雲揚眉冷對世道時流，卻又牽繫芸芸眾生和家國大限。剛中帶柔的高度反差、實驗性質鮮明強烈，構成她最著稱的「溫柔與暴烈」的敘述魔魅。此種小說風格竟與佛朗明哥舞意外地吻合，讓文字與舞蹈兩種不同的表現媒介在《血卡門》中交融。

佛朗明哥舞就字源上來說原指「逃離的農民」，是西班牙中下階層發洩心聲的管道。佛朗明哥舞者最見功力處不在於儀態的準確與美感，而在於如何透過肢體的擺動，傳達出欣喜激昂、悲苦愁困等情緒的深刻。所以成熟的舞者需要累積一定的人生歷練與對世情的洞察。佛朗明哥舞這種注重情感內蘊又不拘泥形式的表現精神，正好讓亟欲擺脫書寫的既定框限的黃碧雲，更得以揮灑淋漓。《血卡門》的敘述裡夾纏回憶、議論、詩歌，信手拈來，時而記人時而述景，有時像寫實有時卻又像寓言。黃碧雲穿梭迴旋於寫作與舞蹈的類同中，酣暢地詮釋作者／舞者體悟認知的生命況味，再現紅塵浮世裡的七情六欲。

承襲黃碧雲自《烈女圖》、《媚行者》以來一貫對「群像」的描摹偏好，《血卡門》裡也用各式各樣的女舞者，拼貼女性不同生命面向。這裡有缺了點牙，像生命裡有點黑、有個破洞的蘿達。有從穿上舞鞋那一刻，由腳跟、立足點痛起，乃至全身痙攣的盧特斯；雖然習慣熟悉各種痛楚，「但痛起來的時候，一樣深刻纏綿」。有以理性與節制去理解時間的萊泛愛拉，坦然接受情愛的有效時限，不曾吝情去留。有一代佛朗明哥舞后的山茶花蜜美拉，承載所有曾舞曾躍所有女子的希望，最後獨自返回廢棄的洞穴老家，靜候癌細胞吞噬曾經璀璨榮耀的肉身。有醜陋的舞者知榮子，卻必須揚起臉來將觀眾的瞠目嫌惡轉化成愛慕迷戀，「因爲醜和扭曲和憤怒，她的舞跳得越激烈」，「有力的、受侮辱的，迸發的，最醜陋的就是昇華成最美麗的，最卑微的因而得到尊嚴」。

爲什麼她們選擇跳激烈、而且基本上是獨舞形式的佛朗明哥？「我跳舞，因爲我需要空間。」唯在四肢的蜷曲、飛揚以及延展中，在體能的極限、狂亂的邊緣，才能感受身體的眞實存在。流汗淌血更能見證活生生、跳動著的自己。痛楚，方能凸顯「我在」的喜樂。除非死亡，「則不能再佔有空間，世界那麼大都與我無關。」佛朗明哥舞是黃碧雲體會孤獨以抗拒孤獨、自虐自殘以自適自存的方式。寫作也是。

九〇年代以來幾位香港女作家似乎都嗜寫殘缺。在抱殘中求全，在苟活裡守缺。西西的《哀悼乳房》記形體上的傷殘，鍾曉陽的《槁木死灰》抒心靈上的枯竭。這種新的「傷痕」文學，也許是作家們身心經驗上的巧合，但也許與外在環境的變動不無關聯。

八〇年代裡還會仿作張愛玲式婚戀小品〈盛世戀〉的黃碧雲，近作一部沉重過一部，步步走向「沒有光的所在」。《烈女圖》時為香港立史的急切，到了二十一世紀裡已成淡然面對萬般背離的《無愛紀》。悲憫至情的黃碧雲，畢竟在《無愛紀》這則新世紀寓言裡，留給香港一個溫暖希望的尾巴。但在家國大勢的逆轉中，一己羸弱身軀的鼓動又能撐持多久？終於，《血卡門》裡質問了那最終卻又無解的問題：舞的本質？寫的本質？生的本質？死的本質？以至人的本質？一切既是昭然澄澈，那麼，還寫什麼？

也許西蘇的話有一點安心的作用。從母親身上遺傳創造才能、用著「白色的墨汁」寫作的女性，保有著那種「產生別人同時產生自別人的力量」。儘管暴烈，儘管熱血涌流，但是在那壓抑不住的〈自我〉書寫欲求中，我們不怕匱乏。

二〇〇二年三月十一日《聯合報》讀書人版

黃碧雲。《血卡門》。大田，二〇〇二年。

黑暗房間裡，我在

——評黃碧雲《沉默．暗啞．微小》

每一次面對黃碧雲的新作，心裡都翻攪著既迫不及待又不忍卒讀的矛盾。期待知道她犀利的筆刃又將從什麼意料不到的切面剖出新的小說視界，卻擔心被那狂亂激越、飽蘊密度強度的文字風暴，捲起千堆思緒，扯痛世故麻痺的中樞神經。《沉默．暗啞．微小》較諸前作，敘述形式及語氣上皆舒緩內斂許多，平實中別見另一種深刻。

由三篇小說組成，《沉默．暗啞．微小》的主要時空又回到黃碧雲最念茲在茲的香港。小說人物取材自作家身邊可見的凡夫走卒——她割除聲帶的姊姊、辦公大樓裡的同事以及擔任律師監護時的個案。每一個個體戶或用著沉默、遺忘、偏激，或者純粹絕望的態度和自己殘餘的人生相處。尤其是那些困守在社福機構裡的弱勢們（不管是被政府分配或主動索求），種種與社工、與自己生命最後機會的搏鬥姿態，有如一幕幕殘酷荒謬又寫實無比的社會即景。稱呼是「個案」，實則共相。我一再地想到史碧娃克的大哉問，「賤民能否發言？」在標舉人權和社福的先進地區如香港，當然可以。「給他五分鐘」。

「但你要明白，我們無能爲力。」那些坐在辦公桌後面的人說，而他們的確是無能爲力。所謂「中」產階級，講白點，就是不上不下的層級，既不享有發聲權，也缺乏爭取發聲權的正當性。被解雇時一樣軟弱無助。

黃碧雲的小說不容易閱讀的部分原因，在於她摒棄傳統敘述文體要求的結構完整、情節連貫等概念，也多不以單一主角與鮮明個性取勝（甚至連角色名字也像資源回收般在不同書裡重複使用）。取而代之的，是多重（畸零）人物的片段性遭遇，間雜印象式的感官（想）隨筆，穿梭交織成主題性的意義網絡。乍看下彷彿零落、破碎、蔓雜而紊亂，但正是這種敘述模式得以再現生命與家國無以名狀的殘破斷裂。就以新書裡汲汲營生的香港小老百姓來說，哪一個不是在工作崗位上謹小愼微、拚命以勞力證明自己在資本主義的交換經濟裡物超所值。每個清晨有兩百萬隻漠然的螻蟻從四面八方匯擠到巴士和捷運站，再從螻蟻專用道裡鑽出，投身於各個大樓。施主打哪兒來往何處去，向左走向右走？既無差別，何勞細述！「我活在一個鬼魅城市。每城每列地車都塞滿沒有面目的鬼。」城市、辦公室就像一台台影印機，複製對話，複製微笑，複製作息。每個人盡是魅影，在大都會各式玻璃鏡射上照鑑彼此的面目模糊。

我不禁聯想到黃碧雲近年對舞蹈的醉心，以及《血卡門》裡說的，「我跳舞，因爲我需要空間。」在新作裡，她又試圖開啓另一個空間，黑暗房間——一個容許她找尋打開的姿勢、傾聽角落發生的微小事物、發出細瑣脆弱聲音的空間。這個黑暗空間，也許是舞蹈、肉身，也許還是她不斷揚言「我不再相信」卻又屢屢回返的言語。我不確定黃碧雲是否眞能說服自己「如果我明白黑暗，我就明白光；練習不愛，就知道愛的可能。」

但是我們樂意聆聽，期待閱讀。

二〇〇四年九月五日《聯合報》讀書人版

黃碧雲。《沉默．暗啞．微小》。大田，二〇〇四年。

遠行者的難題

——評虹影《阿難》

幻想之必要，包容之必要，幽默之必要，是閱讀虹影近年小說的三大必備條件。自從半自傳體《飢餓的女兒》大受賞譽之後，創作力旺盛、企圖心強熾的虹影不斷地推陳出新。每一本長篇小說不論從主題或敘述結構上翻新，在證明寫作風格多樣的同時，也一再挑戰讀者的成見。虹影熱中於光怪陸離的奇聞祕事，嗜寫常軌外的、玄異經驗底層浮動的欲望人間。沒有馳騁想像的膽識、容忍虛構尺度並幽默視之的雅量，絕對難以接受像《女子有行》和《K》這樣的小說。最新問世的《阿難》，不再由禁忌、聳動的內容刺探道德的極限，卻蓄意由情節舒展的懸疑跌宕另闢蹊徑。故事曲折離奇，不到最後幾頁眞相不會大白，十足吊盡胃口。

小說由一段意外的印度之旅揭開序幕。住在北京的女作家接受香港文化出版界的女強人蘇霏請託，前往新德里尋找搖滾紅星阿難。阿難在八〇年代紅極一時，號稱是大陸最道地的重金屬樂手，卻在九〇年代消失蹤影，行跡成謎。作家「我」曾經是阿難的忠實歌迷，蘇霏則是第一個採訪並因此捧紅阿難的記者，兩個女人相識後發現彼此對阿難的音樂有共同愛好，無形中增進心靈上又一層的契合。因此一聽到好友提供線索與金援尋訪小時候的偶像，並且同步在媒體上進行創新實驗的「網上文學旅遊跟蹤採訪錄」，女作家便欣然同意，孤身上路，儘管有關阿難下落的資訊相當有限。

在這神祕而陌生的國度裡，女作家所能依靠的消息來源主要來自蘇霏。從蘇霏欲言又止的指引中，女作家嗅尋阿難的蛛絲馬跡，一路由新德里、泰姬陵，追蹤到婆羅尼斯，逐步證實蘇霏與阿難關係的不正常。與其說蘇霏的尋找阿難是專業上的賣點，不如說是託付閨中密友查訪前任情郎何以當日決然拂袖的原由，以及別後容貌心境的近況。發現少女時期的心儀對象原來是好友曾經繾綣、至今繫掛的情人，女作家的心理不免產生微妙的波動。競爭失利的嫉妒和尷尬、受騙上當的憤怒及後悔，甚至對蘇霏一廂苦戀阿難的幸災樂禍，固皆有之；但是透過這對戀人的分合，女作家也檢視了自己與丈夫的關係。她的婚姻從濃烈的戀情開始，逐漸出現裂痕分房，一直到丈夫夜夜帶回不同的女人留宿，她的家庭早變成夢魘的來源、無止盡的折磨。撐住這個空殼子的只是她的自尊和意志，也許再加上兩人僵持的意氣。她和蘇霏，說穿了，不過是兩個沒有愛的女人，卻還緊緊為舊情繭縛。兩個病歷相似的女人，在情傷中卻也滋生出相互的諒解和關懷。

整部小說裡前半段的青春憶往，少婦心事對照少女情懷的感慨寫得最是精采。偶發的單人旅程，乍然將女作家自日常時序中錯開，異域的生分環境又賦予她一個不受干擾的清靜空間，沉澱情愛路途的煙塵，咀嚼自身經歷裡的酸甜苦澀。描繪女性成長的轉折與女性之間的關係原本就是虹影的拿手絕活。但是比起《飢餓的女兒》裡青春期少女的莽拙懵懂，《女子有行》中雙性戀女性的乖舛張狂，《阿難》既能掌握住中年女性滄桑世故的自嘲與雍容，又細膩地點出女性間的機心和體貼，慵懶冷凝中更見生命厚度。

但是虹影的企圖並不僅止於此。小說後半段劇情直轉而下，扯出半世紀前的塵封往事。女作家發現阿難捨棄蘇霏的原因並非一般的緣盡情了，而是牽涉到上一代的恩怨情仇。阿難的中國父親與印度母親在二次世界大戰時結識相戀，但囿於印度種姓歧視的規定，他們的婚戀不被承認。蘇霏的中國母親與英國父親則結緣於戰時的重慶，婚後隨英軍派駐大英帝國轄治下的印度。阿難的父親基於理想主義者的熱情支持印度獨立運動，意外地與蘇霏的英國軍官父親結怨，最後竟在護送妻子分娩的途中被蘇父（設計）害死。在父母屍體保護下奇蹟式誕生的遺腹子阿難，因非婚生子的身分不容於印度社會，被舅父送回中國，自幼即過著孤苦慘淡的生活。造化弄人，當起歌手後竟陰錯陽差地與世仇之女蘇霏熱戀，直到最後發現雙方身世之謎。

夠曲折了嗎？不，更勁爆的身分逆轉還在後頭。女作家的另一重身分原來是特務、祕密調查人員，奉派利用她與蘇霏的交情查探阿難的下落。阿難之所以在九〇年代突然間消失，只是因爲轉業成功，投資成爲跨國出版傳媒集團頭子，非法炒作地產金融以及非法走私。蘇霏正是幫他在香港穿針引線的合作夥伴。搖身變爲企業大亨的阿難涉嫌官商勾結，殺人販毒賣淫，無惡不作。業經大陸官方緝查，長期監視中。已經走投無路又發現與蘇霏有著不共戴天之仇的阿難，潛返印度，依靠唯一的舅舅。但最終仍在各方人馬的追捕下，投恆河自殺，以死救贖。蘇霏亦於不久步上愛人的後塵自盡。友人的悲劇徹底讓女作家看透青春夢碎的事實，她在回國後決定離婚，終結自己無限苦難的婚姻生活。

初次接觸虹影小說的讀者，也許要教這波瀾起伏，天馬行空的劇情給迷眩得暈頭轉向了。定睛凝神再瞧，萬化歸宗究竟還是作者的一貫路數。表面上是敷演女子輾轉情色的個人故事，文化、政治以及種族的傾軋歷史，影影綽綽地掩映其後。閱讀焦點拉近放遠各有熱鬧門道可觀。虹影四部長篇小說雖說風格殊異，卻同樣關注大陸海外作家的兩大議題：文化尋根與種族融合的問題。《飢餓的女兒》最爲明顯，扣準飢餓主題，由心靈、物質、性欲上的匱乏回顧自己私生女的身分，記錄了大躍進以至文革的政策饑荒。《女子有行》淫奔於上海、紐約、布拉格，既反諷了中國古老自詩經以降父權理體權威，亦著眼於後現代跨國際的性向、種族與宗教問題。「白日夢」式的歷史寓言（陳曉明語）適反襯出女性烏托邦的不可尋。

然而，隨著虹影越來越宏大的企圖，這種以小窺大「文化尋根」的書寫策略也愈顯得左支右絀、力猶未逮。《K》清宮祕史般的寫法，把京派女當家和倫敦「布魯姆斯勃里」家族傳人的緋聞鋪陳成一段香穠豔術。意在重寫中西性／文化交合的祕辛，卻難脫東方主義式「譁外取寵」之嫌。《阿難》刻意援引推理、偵探、言情等通俗元素，實驗別出心裁的敘述模式，足見作家力求突破的自我要求與用心。但是一對愛侶的離合，不但要溯源半世紀前中英印三國的政軍恩怨，還要撻伐大陸當代流行文化與跨國資本主義合謀共犯的罪愆，實在是書寫中難以承受之重。種族國族間淵遠繁雜的交接傾軋，豈是兩性歡愉齟齬所得縮影涵蓋？縱有想像力、包容力與幽默感，要消化文本中這麼多沉疴龐大的命題，啊，難呵！

創作之路道阻且長，「女子有行，遠父母兄弟」，固然其志可嘉，如何強渡關山、渡一切苦難，則考驗遠行者的智慧！

《聯合文學》二〇〇二年六月號

虹影。《阿難》。聯合文學，二〇〇二年。

蓬門未識綺羅香

——評王安憶《閣樓》

在大陸當代作家群中，創作成績斐然的王安憶著實讓人無法忽視她的存在。從傷痕、改革到尋根，以及後來的先鋒、新寫實與新歷史，王安憶莫不以熾盛的創作力掌握新時期的每一次文學脈動。只是，見識過王安憶在九〇年代操演家國歷史的想像能力之後，再回顧她寫於八〇年代的作品，還眞讓人有種返璞歸眞的況味。收在《閣樓》裡的五個短篇小說，〈閣樓〉、〈悲慟之地〉、〈人人之間〉、〈阿蹺傳略〉以及〈阿芳的燈〉，適足以見證王安憶文學在迎向絢爛前的素雅印跡。這些作品寫於八〇年代中期，正是反思、改革以及尋根等一連串文學主題持續發揮效應的階段。小說主要白描大陸歷經文革後的人民生活變貌，不僅帶有知青小說暗訴心境的歷史意味，並且進一步探索複雜幽微的人性，直視平實而卑微的生存本質。文章在平鋪直述中略帶感傷，字裡行間滿是作者誠摯質樸的情感。

〈閣樓〉描寫一位執著於節源研究的科技人才，爲了宣導上海市民採用他苦心研究出來的省煤鍋爐而四處奔走。從機關部門到街坊巷弄，他越是大力推廣就越是遭到拒絕、處處碰壁。所有的人都當他苦心研究的成果如魔術表演一般來觀賞，要不是隨便敷衍打發他離開，便是貪小便宜地爭食那自省煤鍋爐煮出來的白米飯。做實驗需要白米、宣導省煤鍋爐也需要白米，直到家裡飯桌上餐餐開出稀薄的粥，這位集理想主義與英雄主義於一身卻不事生產的主角方才覺悟，開始思索生存之道。但是他除了科技研發之外什麼都不會做，只好在家中庭院種起瓜苗，希望藉瓜果度日。結果，瓜果不僅果不住全家飢腸轆轆的肚腹，我們的主角也因爲失去理想奮鬥的目標而日顯憔悴。更糟的是，他爲了取信眾人而隨意亂發的鍋爐製造圖，竟被不肖者盜用，製造出劣質品在市面上販售。我們這位完全不求圖利只爲推動理想的主角，最後還是擇善固執地選擇沿鄉挨鎮地繼續宣導他節約能源的理念。

〈閣樓〉旨在熱情謳歌一位有理想的改革人物，同時呈現文革甚至更早之前即已形成的社會問題，揭示舊的政治、經濟體制與現代化的矛盾。小說最引人思量玩味處，在於主角擺盪在現實與理想、個人與民族之間的種種衝突，也正因爲如此，使得文本裡洋溢著改革的豪情壯語掉入「獻身」抑或「陷身」的曖昧弔詭之中。整體而言，〈閣樓〉雖然在寫作上稟承熱情希望的理念，但是在藝術表現上不免依循改革／守舊的敘述框架來開展情節，小說人物也必然是塑造成理想英雄／蠻迂落伍者的對立，流於現實主義文學傳統的刻板印象。

〈悲慟之地〉描述幾位從山東鄉下第一次進到上海大城來的年輕人，因爲片面的判斷而誤以爲上海民生急需大量的薑，因此懷著發財夢、擔著大批的薑進城準備大發利市。結果，不但薑賣不出去，同行幾人猶如誤入叢林般的在上海鬧區裡逡巡穿梭，其中一位更墜樓而死。王安憶精準深刻地掌握了開放後的中國農民，面對強烈的城鄉差距所產生的內心衝突與騷動。上海飯館裡多油多糖多味精的菜餚，讓這幾個鄉下進城來的年輕人「吃得後腦勺一陣酥麻」；從來不曾喝過的汽水刺激著眾人的味蕾，熙來攘往的城市街道、大排長龍的車陣、打扮入時的人群以及如進迷宮的百貨公司……無一不令他們驚奇興奮、遲疑不安甚至擔憂恐懼。小說雖然隻字未提，但是卻藉由這幾個鄉下青年的心情變化起伏，表現出對農鄉生活的某種程度的懷念。

〈閣樓〉與〈悲慟之地〉暗暗流露知青作家自況心境的歷史痕跡。那些曾經懷想著打造理想中國山河的衝動、一股腦兒投入艱辛的勞動歲月的文革知青們，一旦從農村回流到城市，面對新環境、新情勢，如何能不觸動他們回顧自身的下放經驗，進而反思個人與歷史之間的意義？這兩篇小說顯然是王安憶爲了捕捉她那一輩知青在重新感覺世界時的悸動紀錄。只是令人感到美中不足的是，兩篇文章同時出現收束不當的問題。小說在作者過度消耗其敘述張力以及過度考驗讀者的閱讀耐力的情況下反覆述說，一路迤邐的結果導致枝蔓雜沓，最後只得鬆軟收場。當然，我們也可以將之視爲是王安憶綿密敘述的寫作風格，由此窺見她日後駕馭長篇的鋪陳潛力。

延續前兩篇對於歷史與家國議題的關注，王安憶在〈阿蹺傳略〉裡不但有更精微的辯證，並且將觀察觸角延伸到人性的灰暗地帶。小說描述主角阿蹺因爲身體先天上的殘疾，所以一直活在外界「平等」的「差別待遇」裡，最後卻意外地在一場專注認眞的走路過程中，贏得他生平第一次最眞誠的尊敬與尊嚴。故事裡阿蹺深知如何讓別人對他處處遷就忍讓，然而這樣的匱缺／優勢卻導致他變成一個十足的無賴。阿蹺的鄙瑣與無奈、自卑與狂傲，小說寫來細膩深刻，讀者看來自是可以給予理會和同情。只是王安憶在摹寫晦澀人性與複雜心理的同時，巧妙地交織了歷史與個人關係的辯證，行文間不斷蠢蠢欲動的是她那背後更大的創作意圖。王安憶在這篇小說中仍意圖藉由誇大男主角因

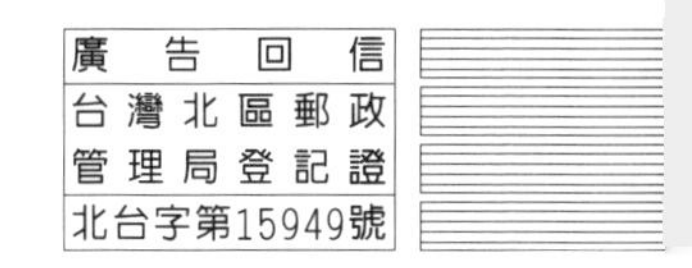

235-62
台北縣中和市中正路800號13樓之3

印刻出版有限公司　　收

讀者服務部

姓名：＿＿＿＿＿＿＿＿＿＿　性別：□男　□女

郵遞區號：＿＿＿＿＿＿

地址：＿＿＿＿＿＿＿＿＿＿＿＿＿＿＿＿＿＿＿＿＿＿

電話：（日）＿＿＿＿＿＿＿＿＿＿（夜）＿＿＿＿＿＿＿＿＿＿

傳真：＿＿＿＿＿＿＿＿＿＿＿＿

e-mail：＿＿＿＿＿＿＿＿＿＿＿＿＿＿＿＿＿＿＿＿＿＿

讀者服務卡

您買的書是：________________

生日：______年______月______日

學歷：□國中　□高中　□大專　□研究所（含以上）

職業：□軍　□公　□教育　□商　□農

□服務業　□自由業　□學生　□家管

□製造業　□銷售員　□資訊業　□大眾傳播

□醫藥業　□交通業　□貿易業　□其他________

購買的日期：______年______月______日

購書地點：□書店　□書展　□書報攤　□郵購　□直銷　□贈閱　□其他

您從那裡得知本書：□書店　□報紙　□雜誌　□網路　□親友介紹

□DM傳單　□廣播　□電視　□其他

您對本書的評價：（請填代號 1.非常滿意 2.滿意 3.普通 4.不滿意 5.非常不滿意）

內容______　封面設計______　版面設計______

讀完本書後您覺得：

1.□非常喜歡　2.□喜歡　3.□普通　4.□不喜歡　5.□非常不喜歡

您對於本書建議：

感謝您的惠顧，為了提供更好的服務，請填妥各欄資料，將讀者服務卡直接寄回或傳真本社，我們將隨時提供最新的出版、活動等相關訊息。

讀者服務專線：（02）2228-1626　讀者傳真專線：（02）2228-1598

殘缺的生命所造就的「傳奇」，進一步反諷文革政策的錯誤以及荒謬。文本勾畫出一個變形的環境對純良人性所造成的扭曲與斲傷。故事最精采處就在末尾，作者安排主角如嬰兒般搖搖晃晃地走向演講台的學步過程，不僅是跛腳阿蹺贏得所有人的注目與掌聲，更是象徵開放後的中國的新生／重生。

相較於前面幾篇的宏偉企圖，〈人人之間〉與〈阿芳的燈〉看似素樸，卻貼近生命最實在而敏感的層次。前者描述一個頑劣小學童與一位溫呑的小學教員，兩人彼此乍暖還寒的情誼交流；後者倒像是一篇恬適的散文，透過敘述者「我」娓娓托出一股平穩扎實的生命力。儘管文本的篇幅較短，但是讀來家常厚實。王安憶寫人與人交往的微妙關係、寫綿密不盡的奮鬥生活……不論這些是如何的瑣碎卑微，都是無數升斗小民莫可迴避的人生陣仗。這兩篇作品表現出作家對生命以及人性等永恆課題的碰觸與思索，流露她對現實環境的細膩觀察與複雜人性的好奇探究。

這種特別是強調人道主義作爲反文革歷史敘事的文學美學視點，對台灣讀者而言或許不足爲奇，但卻是一代中國人撫慰精神創傷的重要療劑。卸下「英雄」看板，戳破「神話」迷咒，新時期文學最難能可貴處便是在平實人生中開採眞摯動人的生命情調。八〇年代在開始熱切伸展生命觸角的文學潮流裡，王安憶的作品也一一體現了各種試探摸索的痕跡。收在這本集子裡的也許不是王安憶最優秀的作品，卻可以看到一位筆耕不輟的作家在創作歷程中的轉折。對於喜歡王安憶的台灣讀者而言，這些罕爲人知的少作，當是通盤了解作者文學風貌的補遺。

王安憶。《閣樓》。印刻，二〇〇三年。

流水外一章

——評王安憶《遍地梟雄》

如果你知道怎麼打圍巾，你就知道《遍地梟雄》的敘述結構。小說大綱是講述一個住在上海近郊、開計程車爲業的斯文男孩，某日被三個搶匪擄走，陰錯陽差地入夥，閱歷增長了，男孩也變得有男子氣概了。這種從意外的「異境」遊歷中成長啓蒙的故事，不僅是古今中外小說裡常見的題材，也是公路電影的基本公式，有的以情節精采取勝、或者強調過程與蛻變、或者暗藏寓言啓示。

《遍地梟雄》以上皆非。王安憶的重點在於寫細節，從主角小時候村裡莊稼的芝麻綠豆到行搶路途的打麻將接酒令臬不鉅細靡遺。王安憶碎碎唸的功夫其來有自，早年《流水三十章》已夠咋舌，《長恨歌》、《紀實與虛構》這兩部傑作時見叨絮，珠璣文采與細膩情思卻奪目掩瑕。但這俯拾盡成文章、散漫、迤涎、重沓的敘述風格，持續且變本加厲地充斥在近期諸作之中，令人忍無可忍。

最令人失望的是，王安憶從《三戀》時期具有的（幽微）批判性似乎逐漸淡薄。如果《遍地梟雄》旨在鋪寫庶常圖像，其政治正確的信念裡執念猶可理解；小說企圖形塑有血有肉的搶匪亦合情理（小說、電影裡的可愛壞人誰不愛呢？）。稱奇的是，作家還特意交代這幾位縱橫現代社會裡搶劫、甚至殺人的壯年歹徒猶是童男子，而且帶頭的已婚大王還體貼到先梳洗才入澡堂共浴、以免玷污兄弟們的清白之身呢。眞是好一群金剛不壞、純情好兒郎啊！

哇咧——

我無意否定此書散見的珠玉，對於王安憶辛勤筆耕、連年出版的努力，也敬佩不已。但是，對於一位被眾多評論家譽爲當今華文首席的女作家，我們採取高標的閱讀尺度並不爲過。畢竟，缺乏嚴謹的藝術自制與深層思維的配合，瑣碎美學終究徒留瑣碎。

二〇〇五年六月二十六日《中國時報》開卷版

王安憶。《遍地梟雄》。麥田，二〇〇五年。

風再起時

——評徐訏《風蕭蕭》

對許多輾轉於蜂火煙硝的老一輩文藝青年而言，徐訏的著作曾是陪伴他們度過流離青春的解憂良藥。徐訏，這位四〇年代即已名揚上海的鬼才，畢生出版各類文藝創作六十餘種，粗估近二千萬字。雖以小說見長，在新詩、散文和戲劇上皆有相當成就，是新文學發展初期少數的全才型作家之一。然而隨著文學典範的迭起、閱讀品味的推移，即使像徐訏這麼膾炙人口的優秀作家也難免被淡忘在故紙卷帙中。如今「正中經典系列」將其代表作《風蕭蕭》舊作重現，新世紀裡的故交新知們得以再次認識這部六十年前的經典之作。

徐訏，出生於一九〇八年，浙江慈谿人，典型的早慧才子。一九三一年自北京大學哲學系畢業後又研讀兩年心理學課程，隨後到上海在林語堂主辦的刊物《人間世》擔任編輯。三六年赴法國深造，旋即因七七事變中日開戰，輟學返滬，繼續編務。留法期間創作中篇小說〈鬼戀〉於三七年發表時，以其浪漫奇情豔驚文壇，相繼出版《阿拉伯海的女神》、《荒謬的英法海峽》、《吉卜賽的誘惑》，俱是叫好叫座的作品。四一年太平洋戰爭爆發，徐訏逃離上海孤島，轉赴大後方。一九四三年長篇小說《風蕭蕭》開始在重慶的《掃蕩報》連載，轟動一時。這一年，他的小說不僅榮膺大後方暢銷書的榜首，更被出版界譽為徐訏年。徐訏的文學聲勢扶搖直上，臻至巔峰。隔年他以《掃蕩報》特派員身分赴美，日本投降後返國，一九五〇年投奔香港，一住三十年。居住香港期間雖然依舊筆耕不輟，發表著名的《盲戀》、《江湖行》，但始終難博當地讀者的青睞。生活節奏迅速商業氣息濃厚的香江書市不易接受他那些情節緩慢的陳年往事，徐訏也無法適應認同香港，一再以過客自居，至一九八〇年鬱鬱以終。反倒台灣有許多徐訏的文友故舊，時相往來。正中書局更是徐訏知音，在一九六六年大手筆地替他出版十五大冊的徐訏全集，為規模龐大又雜逸各處的徐訏著作留下一份初步的整理紀錄。若非四十年前的出版洞見，今日將更難研究徐訏創作之全豹。

縱觀徐訏寫作歷程，《風蕭蕭》堪稱最有代表性的小說，儘管未必是藝術性最高的一部。洋洋幾十萬的鉅著能靠著每日連載的方式創下抗戰時期的銷售傳奇，自不能以大後方資訊有限爲由等閒視之。徐訏糅雜愛情、諜報與推理，曲折離奇的敘述風格當是致勝的關鍵。詭譎的情節兼具浪漫的情調，成名作〈鬼戀〉早現端倪。敘述者「我」與一名自稱是鬼的女子在月夜邂逅繼而交往。男主角難忍好奇，尋線查訪到女子居所，但應門的老人證實她三年前即已死去。男子半信半疑間與女子維持若有若無的戀情。後來才知道女子原是身手了得的特務，流亡海外多年後返國，驚覺情人被同志構殺，昔日組織星散；從此厭棄人世，寧願當鬼不願當人。出乎意表、緩緩開展的方式在《風蕭蕭》裡變本加厲。前半段以敘述者和三位女子的情感主線，隨著故事進行，居然轉變爲中、美、日三邊情報人員的角力。究竟孰敵孰友？眞心誠意還是虛情色誘？諜報與言情兩條軸線交疊牽制，使得情節轉折跌宕、撲朔迷離。除了敘述節奏的營造，作者特意分別賦予白蘋、梅瀛子、海倫三位女主角銀、紅、白三色象徵她們的個性與相貌。男女主角們在談情或鬥智的對話間，不時夾帶對人生意義的哲理思辨，尤爲徐氏小說一貫特色。不容諱言，這些特質愈往後期愈是變質爲徐訏創作上的弊病。曲折離奇得迂扯遲滯，玄理哲思流於一廂情願的嘮叨說教。香港讀者不喜徐氏小說的原因其實不難理解。《風蕭蕭》再版問世，是否能夠取悅習於輕薄短小、故事緊湊內容火辣的新世代讀者？將是一場嚴厲的考驗。

撇開當年吸引大眾的敘述技巧不提，徐訏小說裡擅長的心理描寫和兩性平等的意識，即便以今天的標準衡量也不算過時。徐訏早年受到心理學的訓練和佛洛依德學說的影響，酷嗜刻畫行爲怪異或心理變態的人物，並且給予現代心理學的詮釋。因此，畸人異事的拍案驚奇得以與科學性的分析媒合，保留通俗文學的可讀趣味又不失嚴肅小說的思想深度。《風蕭蕭》裡男主角徐君心理的描寫就遠比他的諜報任務來得寫實細膩。他享受都市聲色又希望寧靜遁世，熱血愛國卻難免恐懼死亡。跟一般間諜小說誇飾主角的英明勇猛不同，徐君只是一個徒具滿腔熱忱的火線菜鳥。白蘋與梅瀛子兩個女人的心理戰尤其耐人尋味，到底是女性間的嫉妒、較勁與相惜？抑或是工作對手的情報競爭？兩人與徐君間的情愫又是因公因私？《風》書中女性的強勢表現，不僅使小說貼進當代文化，更讓這部半世紀前的文本意外地吻合自我解嘲、解構的後現代敘事特徵。故事一開始男主角莫名地被幾名美女愛慕並爲抉擇所苦，到後段才發覺自己是個被玩弄於股掌的傻哥。最爆笑的是這個狀況外的男主角偏偏愛「想太多」，幾番企圖展現英雄氣概、自願瓜代兩位佳人進行危險任務。「被保護」的兩位資深女特務礙於禮貌，強忍住恥笑徐君礙手礙腳、成事不足敗事有餘的神態令當代讀者亦不禁莞爾。徐訏筆下的女性大多是獨立自主，有西方人的自由進取又不失東方人的溫柔含蓄，行文間卻無一般浪漫作家刻意吹捧謳歌異性的紳士作態。較之同時代作品，徐訏小說顯得相當清新獨特。

徐訏文學的魅力除了文本內在的優點，時代環境的文化氛圍亦是重要的助力。三〇年代末期，在中日關係緊繃、戰局瞬息萬變的緊張情緒中，文藝創作的方法論與政治性相對淡化，雅俗文學的分野亦較爲鬆動，尤其是在大眾文學市場蓬勃的上海。言情、諜報和懸疑本就是清末以降、以上海爲大本營的通俗章回小說的賣點。徐訏保留通俗敘事裡的節奏轉折但捨棄陳腐的文字意識，同時從新文學裡萃取微量的社會寫實主義、心理分析，並且將郁達夫、新感覺派等以自我表現爲主的浪漫主義，改良爲情節及生活的基調。這種融合新舊文化與雅俗文學的別致風格，徐訏雖非始作，卻是成功的範例之一，連帶地爲出道稍晚些的無名氏鋪造出相近的文學路徑。雖然無名氏的《北極風情畫》、《塔裡的女人》等書，以其大膽露骨的性愛描寫、炫麗熱情的文藻詞彙，多少使得側重精神交流的徐訏小說相形清淡了些，但是相互輝映中探照出知識菁英和市井小民共賞的輕文學形式。它捕捉住抗戰期間的動亂緊張，卻又提供浪漫的想像空間，跟大時代的氛圍產生一種有點黏又不太黏的美學距離，裨益讀者舒緩對時局的焦慮、獲得精神上的昇華。

重讀徐訏對今日的台灣讀者因此有了另一層嚴肅的意義。以徐訏、無名氏爲首的新型海派文學既然風靡大後方，是否也在國民政府遷台時引渡、影響到戰後的台灣文學？同樣的統治政體與意識型態、同樣封閉緊縮的政治社會氣氛、類似的資訊、文化管制及讀者組成，大後方文學與戰後初期台灣文學的重疊性值得我們探究。試想把《風蕭蕭》稍做變化，白蘋或梅瀛子化身爲國共特務，海倫是被匪諜誘騙、迷途的清純女學生，是否立刻跟許多反共小說有著似曾相識的熟悉感？《風蕭蕭》在台灣改拍成電視電影、徐訏受台灣青睞自非事出無因。近年來所謂的海派文學與充滿殖民、小資情調的海派文化席捲台灣，「海」波浪裡偏偏少見對這一支海派小說的討論。《風蕭蕭》重刊，忠實書迷可以懷舊憶往，年輕族群可以視爲復古時尚、感受戰時的十里洋場，以文學研究爲志業的讀者則不妨多做察考。

徐訏。《風蕭蕭》。正中，二〇〇三年。

非常女的創世紀

——評張抗抗《作女》

張抗抗出生於一九五〇年，杭州的一個知識分子家庭。書香世家的背景培養出她對藝文的興趣，卻也最容易在一連串的政治鬥爭裡成爲被批判的對象。被貼上反革命的標籤，張抗抗從青少年時期就在被排擠與被檢討中惶懼度日。文化大革命的風暴襲捲而來的時候，唯一「正確」的出路似乎就是仿效其他青年，參加「知青下鄉」的行列，以艱苦的農村勞動表明自我改造的誠意。一九六九年她報名遠赴黑龍江立河農場，一住，就是八年。在北大荒的寂寥歲月裡，張抗抗開始寄情寫作。文革結束以後，張抗抗很快地以她積累多年的創作心血贏得肯定。〈愛的權利〉、〈夏〉、〈淡淡的晨霧〉等篇連續榮獲七九、八〇年全國性的小說獎。八一年發表的〈北極光〉更使她博得文壇一致的喝采。張抗抗乘勝追擊，在八〇年代持續推出許多精采的長、短篇小說，確定了她在當代大陸女性文學裡的不可或缺的席次。

同樣在文革之後崛起的女作家人數眾多，張潔、王安憶、殘雪、鐵凝、方方、池莉幾位，是台灣讀者較熟悉的箇中翹楚。中共建國後的文藝強調爲人民服務，所有個人的小情小愛都必須隸屬在對黨國領袖的大愛忠貞之下。經過文革的集體創傷與幻滅之後，新時期的女性文學不再壓抑個體的欲求，對愛情的嚮往渴望普遍地出現在眾家女性的文本中。不管是歌誦愛情的必要或思索困惑，她們在追求人際關係平衡的同時，前所未有地表達出女性主體性的訴求，只不過有的比較溫和保守，有的比較激進強烈。

張抗抗從出道以來，一直流露濃烈的性別意識並且伸張女性經驗的優先性。由〈夏〉到〈北極光〉，她一再塑造形象鮮明強勢的新女性形象：獨立自主、奮發進取，憑自己的直覺、意志和身體摸索情愛與事業的方向。八三年出訪德國時，以「我們需要兩個世界」爲講題，宣言「婦女文學必須公正地揭示和描繪婦女所面對的外部的和內部的兩個世界」，並強調婦女文學的責任在於提高婦女的自我意識。《隱形伴侶》（一九八六）可視爲上述觀念的實踐；小說中運用大量的現代主義技巧，以實驗創新的敘述形式探索人性底層潛藏的另一個自己。九〇年代大陸女性文學生態不變，各款尺度開放的美女、寶貝爭奇鬥妍。張抗抗在九〇年代的創作稍顯沉寂，只有描寫母女共同愛上一名男子的《情愛畫廊》（一九九六）引發回響。休息也許眞的能走出更久遠的路，新世紀一揭幕，張抗抗的長篇小說《作女》甫經出版，就在大陸賣得火紅，叫好又叫座。大概也是近年來兩岸三地裡少數不靠聳動內容卻能暢銷的異數。

「作女」指的是一群主體意識高漲、不服膺定律常規、不輕易被體制組織收編的女人。由於是當代演進的新品種，張抗抗自創新詞彙來統稱這些不按牌理出牌的奇花異卉。小說中技巧地解釋她造詞的源頭來自東北以及上海蘇杭一帶方言裡的「作」（ㄗㄨㄛ），「意指那些不安分守己、自不量力、任性而天生熱愛折騰的女人。可以肯定不是褒義詞，但貶義又有些含混，不肯直截了當說明白了，留給人自個兒琢磨反省的餘地。」作字的原始用法隱含性別歧視的味道，因為它是專罵女性的字彙：

天下的男人任是怎麼地上竄下跳，怎麼一敗塗地又起死回生，都說那男人如何厲害如何富於創造，頂多是如何不知天高地厚，總沒有人說那男人「作」的。但女人若是略有幾分頑劣，男人隨口仍過來一句：你要作死啊！一罵就罵到了終點。可見男人之「作」自古以來天經地義，而女人的「作」才剛剛起了個頭啊。

身為女「作」家，張抗抗偏要為這些姊妹平反。她塑造出一個仗義疏財又古靈精怪的作女代表，卓爾；為了襯托卓爾的不群，作者又另外刻畫出另一種力爭上游的現代女性典範，陶桃。陶桃從嫩江貧戶跳到深圳再到北京，一路靠著原始的本錢換取學費讀書，最後升上銀行高階主管。付出過太多血淚的代價，陶桃已經嫻熟男性社會的遊戲規則。她懂得什麼時候該精明能幹，什麼時候該示弱撒嬌。她處心積慮地想要嫁給一個有權有勢的老公，給自己在父權體系裡最安全的保障。獵夫行動失敗？不打緊，還有第二順位。女性嘛，就是有彈性。

卓爾的成長際遇比陶桃的順遂太多，父母寵愛、老公又是留學美國的新好男人。偏偏她天生創「作」力旺盛，熱愛冒險新奇，一成不變的生活只會令她窒息。陶桃為了掙扎出頭不惜壓抑自己，卓爾卻選擇對自我忠實。她寧可離婚獨自在異國打工念書也不願繼續貌合神離的婚姻；千方百計要放棄高薪穩定的職位只為一圓到南極看企鵝的夢想。她的行徑有時理直氣壯，有時卻似無厘頭至極，身無恆產偏又熱情慷慨；種種天真爛漫而不切實際的「作」為讓人又欣賞又為之捏一把冷汗。

這兩個道不同的女人因緣際會成為好友，彼此安慰扶持著走向分歧的前程。她們的生活態度最明顯地反映在各自的感情選擇上。陶桃很清楚她要有權有勢、能帶她暢行上流社會的鄭達磊。卓爾雖然也欣賞鄭達磊，嘗過他充分授權下恣意創作的甜頭，她卻不能屈服權力之下。小說最後那場翻轉體位的床戲不啻對性別權力進行閹割。整場「手術時間」不過三分鐘，作者對所謂權力持久性的訕笑莫此爲甚。卓爾的另兩位男友，老喬和蘆萶，各自象徵著女性對肉體與精神的需求。三個男人雖然都在卓爾的生活中佔有一定的地位，一旦落實成爲固定關係勢必再度限制她的生命。同理，她決定把和觀鳥人悖動的性愛當做令人懷念的一夜情，也不願意演變成沾滿柴米油鹽的情愛風塵。

最理想的兩性關係，張抗抗以翡翠鳥爲象徵，引經據典地鋪陳於文本之中。紅色雄鳥謂爲翡，綠色雌鳥謂之翠，自由野生、雌雄同體的渾然和諧正是紅男綠女失落的原始精神。依翡翠鳥衍伸爲名的玉石，固然「寶石恆久遠，一顆永流傳」，提供物質性的保障，但也凍結住原來奔放律動的力量。卓爾想要以回歸自然的方式展現翡翠冰清玉潔的本質，最終發覺不過是一場矯情的作秀。

張抗抗雖然將此書題誌爲「獻給她世紀」，卻不是浪漫樂觀地預言著女性烏托邦的降臨。相反地，小說裡明白地點出這些作怪的非常女背後嚴肅的歷史社會因素與下場：

女人的青春與衰老，都是時間那口高壓鍋裡沸騰的蒸汽，飛升的企盼被逼到無奈，只能盲目衝開頂蓋，不近情理不顧後果，以「作」的形式，一次次強行突圍或是爆破。

作，既是意味著看不斷的放棄和開始，作女「多一半是失敗的」、「常常令人討厭」，而且「爲此付出慘重的代價」。作女眞正的考驗因此在於，作「一陣子並不難，難的是一輩子『作』下去，直到實在『作』不動那一天爲止」。

卓爾能作到何時不得而知。確定的是，像她這樣的作女「已不再是散兵游勇而是一簇簇一團團成片成片的灌木林，是一個正在崛起的精神群體」。類似的女性也不僅存在大陸，台灣、美國、歐洲各地都有一群作女以不同的形式挑戰各自環境裡的阻礙，認眞奮勇地拓展生命的可能。作的過程也許艱難，作的過程也許慘痛，但也唯有痛痛快快作一場，才能開創她世紀。

張抗抗。《作女》。九歌，二〇〇三年。

隔著玻璃窗的風景

——評聞人悅閱《太平盛世》

聞人悅閱，出生於文革結束前一年的大陸七年級生。成長的時代正趕上中共建國以來的黃金時期：政治鬥爭冷卻、對外開放經濟起飛，「僅僅是呼吸暴風與後面清潔的空氣就可以讓人覺得甜美而滿足了」。大學時就前往紐約攻讀，留學的經驗也不必像八〇年代初期蜂擁出國的第一代留學生那麼艱苦。碩士畢業後又順利進入紐約的金融業裡工作，成為大陸改革後造就的菁英分子，俯瞰世界頂端的窗口。以「太平盛世」四字總括她的成長歷程確實很貼切，用來為聞人悅閱的第一本小說集命名亦有紀念性意義。

在序言裡，作者自剖此書是系列性的成長筆記，給曾經歡笑、挫折的年少歲月留下一些紀錄與省思。但是一路既是看盡繁華勝景，一切得來那麼理所當然，就算碰磕跌撞出一些青春印記，也無非是輕微的瘀青疤痕。集子裡的七個短篇，處理的都是居住在紐約或倫敦的年輕白領華人的心事。大多數是在事業穩定之後驀然回首，才留意到童年故居，竟像是「一大片望不到頭的油菜地，金黃璀璨，以及蜂之熱舞」（〈一九八○年的蜜蜂和油菜地〉），想到的時候，「就覺得心中劈劈啪啪開出大片花來」；稍有閱歷之後也才能發現到青春歲月裡隱藏的小祕密或是預示變調成年的蛛絲馬跡（〈中學時代的愛情傳說〉、〈蝴蝶秀，似水流年〉）。少數篇章則觸及後青春期的淡然感傷（〈英倫日記〉、〈村的聲〉）。故事都沒什麼驚天動地的轉折，也沒有探討時代社會意義的企圖。大都會區的專業人士，世故內斂到竟然有種泰山崩於前而面不改笑的淡漠。連遇到九一一恐怖攻擊，眼見兩幢世貿大樓「像鬆掉的蛋糕，無聲地垮下來」，還能冷靜地疏散，而且意外地成就了一段新世紀裡的傾城之戀（〈太平盛世〉）。

相較於大陸資深作家們飽含戲劇性以及歷史厚度的敘事，或是同爲七年級「美女作家」們賣弄性的張狂頹廢，聞人悅閱的小說顯得清淡小品許多。畢竟是初試啼聲之作，說故事技巧尚顯生澀薄弱。但也正因爲作者不刻意訴求什麼嚴正偉大的主題，《太平盛世》反而清新溫潤，展現出小說新秀在經營文字和意象上的才華。她誠懇而坦然地捕捉到這群生長於優渥環境的年輕新貴們面對新舊環境的疏隔，有無奈而滄涼的感慨，但不太多。站在世界的高樓上往前看，明明是暖烘烘的艷陽春光，眞伸手觸摸，卻又隔著一層涼涼的玻璃帷幕。就算可以「推開窗，外面的熱鬧都進來了。但是，街上走著的都是陌生人」。往後看嘛，那些曾經在生命中留影的舊我與親友們，即使永遠在相框裡笑容晏晏，也是平面而逐漸淡遠模糊。他們跟曾經翻天覆地的歷史，永遠是擦肩而過，「整個是局外人」。整本小說在暖洋洋的基調裡不時滲入此許涼意。

這本新一代大陸留學生小說，大陸讀者可能會覺得熟悉又陌生，訝異於年輕移民們對祖國的冷淡。台灣讀者可能覺得陌生而熟悉。喔，原來你們「小時候」也聽羅大佑和童安格，也讀張愛玲啊。

二〇〇三年十一月二日《聯合報》讀書人版

聞人悅閱。《太平盛世》。聯合文學，二〇〇三年。

半啼半笑盡浮生

——評赫拉巴爾《我曾伺候過英國國王》

赫拉巴爾是近年來少數感動過我的作家。米蘭・昆德拉稱這位捷克同行爲「我們這個時代最了不起的作家」絕無過譽。對曾經驚豔於其扛鼎之作《過於喧囂的孤獨》的讀者，自然不能放過《我曾伺候過英國國王》這部赫拉巴爾的第二本中譯小說。《我曾》是他中期的作品，創作於他生命中最灰黯的時期——當蘇聯坦克佔領布拉格，並且將拒絕輸誠的赫拉巴爾開除作家協會會籍、著作全面查禁時。萬念俱灰的他隱匿鄉下，卻在小酒館裡的鄉親笑談裡活絡起思緒。被壓抑的創作熱情一旦爆發，竟然下筆不能自已，短短十八天內完成全書，成書後不加增刪。更傳奇的是，此書二十年後雖才正式解禁出版，但手稿早已廣泛在民間私下謄寫流傳。爲了忠實呈現創作時的焦慮及信念，赫拉巴爾保持手稿原貌出版。也就是說，從寫作到出書二十年間，作家一遍完成，原汁原味。

在當時那種既悲憤又亢奮、未經人工修飾狀態下完成的《我曾伺候過英國國王》，更具備赫拉巴爾小說的典型特色。書中多是被大環境擺弄的社會底層人物，而他們卻能用幽默豁達的態度從困頓現實中找樂子。在這些基層小人物滑稽丑行、高度戲謔娛樂的背後，蘊含著深刻的悲涼與生命反思。全書共由五章構成，以說書人的口吻開場及結尾。每章分別由服務生蒂迪爾在不同旅館的經歷，見證捷克二次大戰前後的變遷。第一章到第三章是他人生的黃金期，從小型旅館的小招待跳到度假別墅，再攀升爲布拉格市區五星級國際大飯店的當紅服務生。他見識到旅館裡各種匪夷所思的飲食男女勾當，也樂於從中撈取金錢與情色的油水。他服侍過闊室放浪形骸的富豪權貴，包括偷情的捷克總統，他也曾在阿比西尼亞皇帝訪問捷克時服務傑出，獲頒一條別有動章的藍色綬帶。

深受老子思想影響的赫拉巴爾，在情節編排跌宕處總埋伏著「福兮禍所倚」的否泰輪替觀。第三章歌舞歡暢稍歇，緊掄的戰鼓已聲聲逼催。四、五章筆鋒急轉，以蒂迪爾與德國女子的異族婚戀側寫二戰時的種族仇恨。德國老婆的庇蔭，使他獲准在納粹的優質人種培育站裡服務以「科學方式」進行交配繁殖的軍官。諷刺的是，他那經過納粹軍醫棍棒檢驗合格的生殖器和精液，加上妻子嚴格遵行的科學育種法，竟然生出一個弱智後代。儘管忍受著百般輕視羞辱，德國人從來沒有接納過他，捷克同胞亦然。戰後他打造出一間知名的旅館，實現了從小弟晉身為百萬業主的創業夢。由來好夢最易醒。捷克進入共產社會，私產一律充公，還被同為勞改犯的富翁們排拒。嘗遍世事的冷暖無常，力爭上游的虛妄，蒂迪爾最後志願發放邊境，養護森林道路，陪伴一群不會用種族階級看人低的豬狗牛羊。

由充斥著淫俗俚談的第一章漸次轉入好一片白雪茫茫眞乾淨的尾章，紛紛擾擾的塵埃彷彿落定歇止。天地儘管不仁，大化始終提供創傷的人們安養生息的撫慰。將歡笑歌哭與形上哲思兩種原本相對的生命元素奇妙地調治於一，正是赫拉巴爾小說的獨門法寶，雖則蒂迪爾的靈性蛻變未盡令人信服。

二〇〇四年一月十一日《聯合報》讀書人版

赫拉巴爾。《我曾伺候過英國國王》。大塊文化，二〇〇三年。

正宗港味

——評陳慧《看過去》、《味道／聲音》

香港文學素來以通俗文類爲人宗。奇怪的是，這個純文學的化外之地，卻每每有令人驚艷的優秀作家出線。陳慧這位寫作資歷尚不滿十年、台灣讀者還不太熟悉的年輕寫手值得愛書人留意。她的小說平易近人，用字經濟而精準，故事好看又耐人尋味。跟西西、鍾曉陽或黃碧雲等風格鮮明的香港前輩不同，反倒讓我遙想起八〇年代的台灣女性小說。

初讀陳慧，看的是極短篇集《看過去》（二〇〇二）。小小的篇幅寫的都是都會男女的紅塵心緒，與香港歷史政治無涉；看似簡樸的寫實手法，卸除過度的情緒以及修辭工藝，單憑著巧思，硬是把一個原本平凡的故事敘述得出奇引人。

比如同名篇章〈看過去〉，明明只是寫一個失戀女子難忘舊情，她卻從這女子租了一間公寓寫起。原來這間房子正對著她剛搬出的男友的家，每天她躲在漆黑簡陋的房間裡看「過去」。一直看到男友身邊添了新女友、看到男友與好友都發現她的蠢事。好友跑來，指著對面正幫新女友夾菜的男人問她，「他從前是這樣的嗎？」她搖搖頭。過去的確不見了。朋友帶她離開，知道她口袋還保存著鑰匙。

陳慧小說裡刻畫的世間男女，像是游過水族箱玻璃的魚，張著嘴好像要吐露一肚子苦水，終究是吞嚥了下去。世態人情點到三分，卻拿捏得細膩深刻，冷然中不失憐矜。有篇故事〈安慰〉，一開頭是睡夢中的敘述者接到母親電話，被嘀咕著都不回家探望，母女拌嘴了一陣。上班的時候「我」猛然想起，母親過世兩年了。連接幾天「母親」又打來嘮叨的時候，「我」竟也把她當成母親般聊起來甚至共約吃起了火鍋。就這樣，思母和思女的兩個陌生女子以詭異的方式安慰了彼此對親情的渴望。乍讀有點黑色、不按牌理，越咀嚼卻越覺合理近情，心裡三溫暖般的又涼又熱。這類書寫風格不禁讓我聯想起袁瓊瓊早期的小說，尤其是膾炙人口的袁氏極短篇。

然而陳慧畢竟是正宗港味。雖然不談大敘述，她最獨特、也是我認為目前為止的代表作——由六十個小短篇組成的中篇小說〈味道〉——把香港的大小吃食、材料一網打盡，每一樣食物（材）配合情節發展，烘托每個人物的心情紀事，鋪陳出典型港式家庭裡的親情與負擔。近來寫家族故事的喜從盤古開天一路夸飾自家裡難念的經，套一句香港人的話，像用魚翅漱口：豪華鋪張有餘，吃多了未免油膩。陳慧儘從蔥薑糖醋、叉燒油雞腸粉、漢堡薯餅可樂裡見微知著，探測種種牽腸掛肚的感情。誰說芝麻綠豆，寫不出大的事？烹小鮮都可以參透治國的玄機，港劇裡最常出現的場景——一家子吃飯，當然料理得出滋味十足的好小說。

二〇〇四年九月二十六日《聯合報》讀書人版

陳慧。《看過去》。一方，二〇〇二年。
陳慧。《味道／聲音》。同學館，二〇〇〇年。

輯二

溫柔敦厚之外
——評王德威《眾聲喧嘩以後》

《眾聲喧嘩以後》是王德威教授繼《閱讀當代小說》後最新的一部書評鉅著。由最早一九九一年的書評到二〇〇一年，共收錄九十三篇，分爲三輯。輯一爲對台灣作家的評論，輯二分析台灣出版的華文小說，廣涉大陸、香港、馬來西亞及美、歐等地華文創作，輯三則綜論當代文學現象。十年間近百篇書評，相當可觀地拼組出九〇年代台灣小說及其他華文地區創作的若干脈動。

自輯一的評論裡回顧，過去十年間台灣文學可謂老幹新枝爭發，各種類型議題皆備，不管是本土、眷村、女性、（男／女）同志、原住民、科幻、嚴肅與通俗。從來沒有一個時期的台灣文壇是如此的多元與特異，端的是眾聲喧嘩的年代。相較之下，在顧屬市場接受度引進台灣本地的域外華人小說，數量與流派雖然局限些，質量卻有相當的保證。能獲台灣出版青睞的華文作家自是大有來頭之輩，香港的西西、鍾曉陽、旅美的李渝、施叔青成名已久；大陸的莫言、王安憶、蘇童、格非皆是彼岸文壇重量級人物。但值得注意的反而是初出江湖的一些海外新生代。九〇年代崛起香港的黃碧雲、馬來西亞的黎紫書、旅英的虹影企圖心強烈，來勢洶洶，是華人文壇裡不可小覷的生力軍。

被輯二裡評介的域外華文小說一比，台灣小說雖然取材多樣，力道未必渾厚。單以上述幾位大陸名家而論，鑑其九〇年代中期以後之作，雖不如先前屢屢在敘事技巧、文字風格上別出心裁，畢竟創作不懈且維持水準。更何況他們才只是大陸文學冰山的一角。相形之下，近來台灣文學顯得勢弱。難怪王德威語重心長地在輯三裡下了一個注腳，對台灣作家發出善意的警訊。輯三的文學現象綜論爲一些次文類梳理出初步的軌跡。我相信腹笥甚窘又正爲論文題目所苦的全國研究生們，必定可從輯三的八篇論述裡得到神啓，進而繁衍出一本本學位論文。這種意外的「功德」對於一貫強調對話思辨的作者而言，恐怕是種有苦說不出的恭維吧。

王德威是近十年來最有影響力的評論家之一。他的論文引領學術潮流，理論、史料的基礎深厚不提，文本涉獵之廣泛、用功之深，每令同行汗顏。收於本書的書評仍然再次印證。最讓人敬佩的是，不管是中文英譯的引介和出版事務，王德威投注其間無數的心力，倡導推廣現代文學的努力有目共睹。九〇年代以來文學風氣的低迷，使得有心人的付出更加辛苦。每一本付梓的新書都希望獲得評者的讚賞，進而激起更多讀者的回響。初出道的批評家大可罔顧他人死活，逞一己識見伸張文學的奧義。但使命感強烈、地位又舉足輕重的王德威下筆自是愼重。所以不管是書評、序言或論文，王德威莫不盡其才學，賣力地將文本細讀詳論，或是溯源其古今文類興革，或是中外主題平行類比。傾注其熱情功力，就怕讀者看不出那本著作（可讀出）的優點而輕易略過，淪爲書海裡的遺珠。他的針砭往往隱微婉轉，點到爲止。深諳王氏語法的人，對於這種幽微史筆常常發出會心一笑，稱奇於其「溫柔敦厚」的說話藝術。

想看王德威快人快語的讀者應該會欣賞《眾聲喧嘩以後》許多篇末的〈後記〉。這獨樹一幟的〈後記〉，一方面增添最新意見，彌補部分寫作年代較早的書評時效性。最特別的是對已經成爲名家的老牌作者、或一度大有可爲卻後勁無力的文壇新銳提出比較直接的諫言。這有如舊時章回小說評點的「回末總評」，使得即使曾於各大報刊拜讀過王德威書評的讀者猶覺（更有）新意。不過這簡短的回末總評，想必是考慮再三的結果，「激將」之意用心良苦。

還記得夏志清先生前陣子預言，二十一世紀的中國文學將無法超越上個世紀的文學成就。夏先生是否有先見之明或者過度悲觀，尚有待時間印證。不過展閱《眾聲喧嘩以後》，盡入眼簾的是十年來海內外老將新秀們的創意執著與批評家的苦心孤詣。「以後」的文學是否偉大，或更甚前代，也許是另一個層次的問題；在文學日漸萎縮，小說已成小眾的年代，還有呦呦眾口為之爭鳴，已是一個令人期待的開始。

二〇〇一年十二月十日《聯合報》讀書人版

王德威。《眾聲喧嘩以後》。麥田，二〇〇一年。

文化・空間・閱讀政治

——評蘇偉貞《孤島張愛玲》

「孤島」，是慣常與張愛玲連結的意象。孤島時期的上海孕育出她的海派傳奇，孤島台灣再振她的聲勢；張愛玲孤身漂流，連死後都灰灑於汪洋，更為孤島意象增添蒼涼的想像。但是我們卻也習慣性地忽略另一個孤島——香港——在張愛玲生涯中的重要性，彷彿香港只不過是她的過站。這種思索觀看模式，說穿了，無非是大中原和台灣中心，在深層意識裡眞正把香港排除在邊陲位置。醉心張派的邊緣魅力者眾多，但眞能解除自我中心迷咒者卻何其稀少。

對台灣讀者來說，此類閱讀法容或無可厚非，畢竟這只是再現島上長久以來的思維窠臼而已。然而蘇偉貞竟能不落俗套，反轉既定的詮釋觀點，賦予香港這個空間應有的文化主體性。立足於斯，我們不得不同意蘇偉貞的論點，承認香港對張愛玲的決定性關鍵。香港是張愛玲早年僅有的異鄉經歷。由上海往返香港，每一次空間跳接引致的物質環境變動和文化生態的改變，勢必造成個體認知上的某些衝擊與轉換。有了離開上海故居、初次登臨香港的經驗，張愛玲才能寫下日後一篇篇海派小說。第二次別滬，隔著適當的心理、地理距離，張愛玲方能在香港——這個同樣充滿殖民都會的空間上——回顧她最後的上海生活，包括不堪的土改閱歷。繼而寫下《秧歌》這唯一一部農村寓言，以及《赤地之戀》告別她被社會主義終結的上海。循此邏輯，香港階段既非是其上海時期的餘緒，或是赴美前的暫歇，《秧歌》與《赤地之戀》更非《傳奇》的續貂。張愛玲的香港佇足，毋寧說是啓動了「張化」華文版圖的推進：《秧歌》與《赤地之戀》先是令夏志清驚艷稱奇，繼之征服台灣文壇；藉由她香港時期的作品，引渡台灣讀者認識海派時期的小說。若非「張愛玲熱」在台灣香火鼎盛，張氏小說也無緣最後回燒大陸，完全其一統大業。

以香港爲窗口，眺瞰張愛玲文學歷程，不僅重新排列了她著作的優先順序，也一下點出了各路張學人馬囿限於各自空間位置上的評論盲點。這份驚喜，部分來自於蘇偉貞閱讀的博廣敏銳，部分也該歸功於她個性裡特立孑異的稟賦。那份孤高亮節的特質，貫穿偉貞的每一篇小說。而這種不與俗世妥協的昭然熱血，她以冷筆寫來，反差下顯得格外凜烈。《沉默之島》更是將其孤島政治學發揮臻達極致。孤島，以其沒有依恃，亦自無所羈絆；唯其了無罣礙，反能及人所不及。偉貞扭轉閱讀上的空間立場，獨鍾香港，果然又爲「張學」開啓一扇盎然的窗景。

作家論作家，自有一般評論家看不出來的內行慧見。蘇偉貞細讀《秧歌》和《赤地之戀》的語言技巧與人物刻畫，猶如寫作教學範本。這兩本小說的出版過程以及考據，尤見功夫，其中有從二手紀錄裡梳爬出台港英美的文化政治生態，更有偉貞與張愛玲書信往返的一手資料。而在繁雜細瑣的文獻比對下，推衍出的張愛玲個性，竟是我個人閱讀上意外的驚奇。特別是考證張愛玲即使迫於生活，非她所得亦一介不取；亟需出版《赤地之戀》，仍堅持與胡蘭成劃清界線，更鑑照其是非鮮明的個性。在坊間一本本美名爲張愛玲傳記，卻輒將張胡婚戀渲染成俗濫才子佳人劇的污衊下，蘇偉貞爲張愛玲討回的公道眞讓普天下鬱悶已久的張迷一吐怨氣。

蘇偉貞評解張愛玲，向大師致敬，想必又將是一樁文壇佳話。偉貞向來被視爲台灣張派的得力傳人之一，此書一出，不啻「鐵證如山」，兩者的師承關聯更撇不清了。有趣的是，偉貞在總結裡一一點名兩岸三地張派族譜大將時，卻獨漏自己。這個「獨漏」，到底是自謙？抑或是沉默的申辯呢？恐怕又是日後張迷與蘇迷共同玩味推敲的公案了。

話說回來，除了張愛玲，放眼文壇，能讓蘇偉貞甘願費心品評研究的作家，諒必也沒幾個。同理見諸於張愛玲的推崇曹雪芹。只是，張愛玲當年一時燃起研究《紅樓夢》的興味，沒想到一發不可收拾；耗費十年精力成就了一本《紅樓夢魘》，搖身成爲紅學權威，開拓出文學生命裡另一層境界。如今偉貞研究起張愛玲，這則傳奇會不會也「還沒完，完不了」，最終成爲張學專家呢？孤島的路數既難以捉摸，孤島的能量亦不容小覷。

這是偉貞第一本學術論文，承蒙不棄，囑我爲這則佳話敲響鑼鼓。精采內容，就留待張迷與蘇迷們一同張看吧！

蘇偉貞。《孤島張愛玲》。三民，二〇〇二年。

自世紀末一路走來

──評劉亮雅《情色世紀末》

新的世紀開始計數，在一片迎新送舊的呼聲中，是否上世紀發生、發現的問題就已獲得解決？時代的交接是否代表進程式的躍進？答案恐怕不能如此樂觀。情欲，這個從亙古以來一直困擾、支持、支配著人類的議題，歷經二十世紀的熱烈討論，在新的紀元依然不斷從我們的潛意識、記憶角落、各種社會階層裡翻覆喧騰。單是就台灣社會幾樁熱門新聞：女歌手與未婚妻（？）分合疑雲、國中女教師與男女學生「輔導情」、奶油小生夜半變裝癖好、網路一夜情或（第三性）援交……即可感覺到，劉亮雅在《情色世紀末》裡討論的性別跨界與情色頹廢問題，猶是春風吹又生。世紀末，眞是殷鑑未遠。

在台灣從事情欲研究的學者中，劉亮雅雖非最引人側目的急先鋒，但絕對是持恆通透、扎實誠悃的佼佼者。自上一本論文集《欲望更衣室：情色小說的政治與美學》（元尊文化）以來，劉亮雅便持續關注歐美與台灣當代情色書寫。從西方現代文學大師王爾德、詹姆士、紀德、勞倫斯、普魯斯特，到台灣中生代名家朱天文，以至新生代同志作家邱妙津、紀大偉、洪凌、陳雪，她皆一視同仁地探討其書寫策略以及文本裡性別／向、政治文化等議題。不僅出入遊走男／女、異／同性戀的疆界，更翻轉鬆動中／外、經典／另類等階層藩籬。

延續前作對欲望的探究，以及女性主義、同志理論、後現代與後殖民等批評方法的援用，《情色世紀末》更聚焦於華文小說的性別政治與文化美學。七篇論文裡的前三篇，〈世紀末台灣小說裡的性別跨界與頽廢〉、〈怪胎陰陽變〉和〈邊緣發聲〉，主要探討同志裡酷兒文學及相關變性／裝等跨界議題。〈邊緣發聲〉尤爲其中扛鼎之作，分析台灣七〇年代至九〇年代共四十多篇女、男同志小說不同的寫作觀點、策術以至與主流社會、時代的遞嬗互動。對有志於台灣同志小說的研究者而言，將是不可或缺的參考論著。

本書後四篇則以女性主義爲主軸，析論四位風格各異的女作家小說。有台灣當代的成英姝和平路的作品，也有四〇年代上海的張愛玲以及九〇年代香港的黃碧雲。藉由重新詮釋張氏小說，劉亮雅打破慣常對「世紀末」的時間界定，提出另一種由文化、政治、美學條件建構出的書寫氛圍。對於黃碧雲《烈女圖》的解讀，企圖更宏大，將性別與欲望、主體與殖民、歷史與政治的關聯交相指涉、層層摻疊。一方面再現中下階層女性受剝削的經驗與壓抑的情欲，另一方面則探索在中英殖民霸權下建構香港主體論述的可能性。是筆者目前所見兩岸三地對《烈女圖》的閱讀解析中最深入透徹的一篇。

儘管情欲研究近年已獲學術界的認證重視，取得在學院殿堂裡發言詮釋的位置，但是我們對於欲望的了解究竟還只是冰山的一角。書寫情色議題（或引起注意）的作家，集中在年輕、中上階層的主流族群（外省、福佬），相關的論著也多少受限於此。世紀末已經結束，而世紀初的問題才剛剛揭幕，繼續深化與擴充情欲論述的研究是我們對劉亮雅的期待。

《婦女與性別研究通訊》二〇〇二年六月

劉亮雅。《情色世紀末》。九歌，二〇〇一年。

愛她，就請放過她

——評高全之《張愛玲學：批評、考證、鉤沉》、蔡登山《傳奇未完：張愛玲》

也許要不了多久，我們就會厭食張愛玲；也許要不了多久，我們看到「張愛玲」三個字便立刻出現反射性的歇斯底里。如果張愛玲不斷地被炒作，許多舊雨新知終將在這單調刺眼的光環下，背轉、離去。

從夏志清的《中國現代小說史》開始，四十年來書寫張愛玲的熱潮從未間斷過。其中一種是學術性的作家作品論，另一種則是藝文性地鋪衍傳記、詮繹生平或隨想側記。第一類的學術研究由最傳統的考據索引、印象批評乃至各種當代叫得出名字的「後」學，或闡述或拆解，張愛玲及其文本不啻爲各家理論流派試筆的最佳範本。新近高全之的《張愛玲學：批評、考證、鉤沉》以及蔡登山《傳奇未完：張愛玲》同屬這一類型裡較爲傳統的研究論著。高全之與蔡登山兩位先生都是非學院科班的資深評論人，卻都具備專業眼光與審慎治學的能力。高全之早於一九七三年即開始研究張愛玲，蔡登山對於四九年以前新文學女作家的關注評介，多年來亦不遺餘力；兩人的論述自有一貫水平。然而，張學既已繁複精密至此，後來者縱然豪情萬丈、自認發人之未見，結果無非大同小異。即使高、蔡兩位先生，也難有超越現存珠玉的驚人創見。

藝文性的書寫張愛玲往往鎖定在她的爲人行事，而她的生平經歷總被渲染成淒美蒼涼的傳奇。究其實，她只不過是個結過兩次婚的女人。真要說有啥特別之處，頂多是交往過那麼一位「特別」大嘴巴、四處宣揚婚戀細節的男人罷了。但這樣的遭遇比起她同期甚至早期女作家們那些驚濤裂岸的歷練，充其量也不過是「啓智班」的層級而已。偏偏傳記文士附會成綺情穠麗、肥香撲鼻的冶豔逸史。要不，就是拿她當上海招牌，從海派文學文化、衣食娛樂到任何觀光景點都可以沾帶她一筆。更有那粗通文墨的導演動輒染指改編她的作品，甚至欽點一些庸脂俗粉來演繹她的一生。張學淪落如斯，如何不讓人氣鬱胸悶、噁心泣血？

持平而論，張愛玲的藝術造詣並非這麼空前絕後。當代更前衛多元的敘述技法與思潮概念，使得許多創作好手各自開拓一片繁花勝景。但是，在張愛玲那些老去的故事與人物裡，依然不過時地閃動著對人性的了解通透。那一眼看穿又體諒人心卑劣與卑微的觀察，使得紛亂起伏的七情六欲感受到被安置寬容的熨貼。讀者不禁好奇，何等玲瓏剔透的慧心能在你猶懵懂渾沌之際，早替你道盡世事幽微，而且勇敢到能直視無諱？然後才對她的人生發生興趣，了解後是同情喟嘆，最後在她撒手後仍戀戀不捨，必須在自己及同好持續訴說的氛圍中感受她的存在。這種文本、讀者、作者構成的共鳴現象可說是文學領域的最高境界。但此等心領神會的情感聯繫卻也是私密的，某種程度的不可理喻與言喻。一說，就俗了；再說，賤口濁舌；呶呶不休呢？有人已經直呼是「張愛玲文化工業」、「張愛玲造神運動」哪！

如果眞的在乎張愛玲，怎麼捨得她被污名化？如果愛之適足以害之，能否暫時停止書寫、論說，且將這份喜愛擱在心底，回歸文本與讀者間無言的感動？至少不必助長文化工業的量販熱潮。

二〇〇三年五月十八日《中國時報》開卷版

高全之。《張愛玲學：批評、考證、鉤沉》。一方，二〇〇三年。

蔡登山。《傳奇未完：張愛玲》。天下遠見，二〇〇三年。

遲來的獻禮

——評茱莉亞．克莉絲蒂娃《恐怖的力量》

克莉絲蒂娃，法國當代重量級精神分析師、文學理論家和語意學家。八〇年代被譯介到美國，迅速風靡學界，進而成爲國際性後結構主義巨擘。她的理論概念不斷地在台灣學院裡被引用探討，尤其是女性主義文學批評裡不可不知的典論。但是享譽台灣十幾年來，克莉絲蒂娃的著作只有單篇的被譯錄，或是散見於一些思潮導論書籍裡。雖然時而聽聞某些學者積極進行中譯的福音，不知何故總是只聞樓梯響，不見人下來。千呼萬喚，第一本繁體字版的中譯本《恐怖的力量》在最近付梓。克莉絲蒂娃的台灣讀者終於有了一扇窗口，管窺大師的堂奧。

由分析個體的心理活動著手，《恐怖的力量》逐層開展探究集體文化裡暴力攻擊異己的原由。克莉絲蒂娃首先說明一個關鍵的理念，「卑賤」。她解釋了爲什麼人在心理或生理上感覺噁心時，會產生痙攣或嘔吐的反應？那正是知覺著陷身於卑賤情境的主體，爲了將卑賤感受從意識中強力驅除，把「我」和污穢、淫邪之物隔離。但是所謂的不潔，並非因爲其客觀、本質上的型態，而是施加於此物或事上的禁制法令。換句話說，「我」之所以感覺事物骯髒齷齪，甚至於自身汙玷濁惡，乃因一個「至高他者」，亦即象徵秩序，早已駐紮在「自我」的意念中。只要我暴烈地將自我與卑賤體區隔開來，「我」便擁有了異質性。這股異質感容許主體劃割出另一個潔淨優越的空間，繼續認同既定身分與價值體系。

從最基礎的精神分析學來看，卑賤不啻爲最古老又最脆弱的昇華作用。在昇華活動裡，劣質的我被拋棄、被摒斥，擬想成另一個具有象徵光芒的主體。「卑賤其實是自戀的先決條件。二者不但共存，而且卑賤情境會不斷地削弱自戀狀態。因爲我眼中凝望的，或我在其中認出自己的頗爲完美的形象，恰好建立在卑賤情境之上，一旦作爲永恆看守者的潛抑作用稍微閃神，卑賤便悄悄地讓這形象出現裂痕。」伴隨裂痕湧現的正是主體向來抗拒的鄙穢，以及直視的恐懼。爲了維護清高潔白的想像，宗教、道德和法律都發展出驅邪除穢的淨化儀式。克莉絲蒂娃在第三章裡羅舉人類學和希臘神話裡的例證，其中伊底帕斯的剜目，正是藉由傷殘視覺以驅除自己殺父娶母罪孽的著名象徵儀式。這種不惜暴烈也要清除自體異質殘渣的力量，更可擴展成對門戶團隊的清理管束，甚至於排擠迫害異類他者。類似的排他暴力亦見於全書四、五章中對《聖經》的析論。宗教的單一邏輯最終導向恐怖主義。克莉絲蒂娃在中文版序裡，特地以宗教狂熱分子對美國發動的自殺恐怖攻擊爲戒，提醒讀者注意這兩者間的深層文化關聯。

如果宗教儀式像是淨化的象徵性書寫，克莉絲蒂娃接續論證：「所有的書寫難道不都是一種次級儀式？」出生於保加利亞、猶太裔的她用全書後五章的篇幅，探討法西斯主義作家謝琳（Louis-Ferdinand Céline, 1894-1961）書寫中暴虐狂亂似憎恨鄙斥猶太人的奇詭風格。她一方面揭示，國族語言的優越感，再加上主體書寫時正處於認同危機的紊亂，文學可以是恐怖主義的共謀。但文學再現的形式，卻也足以使閱讀和教授文學成爲思考卑賤體建構、進而化解恐怖主義的良藥。

此書原著於一九八〇年，算是克莉絲蒂娃早期的力作之一。簡體字版已先於二〇〇一年由北京三聯出版，題爲《恐怖的權力：論卑賤》。然而繁體字本不但多了作者的中文版序，更有國內精神分析文學理論專家劉紀蕙教授的導讀，從作者生平學承、精神分析學派的主要概念，化簡馭繁地張舉出全書理論精奧，減輕了門外漢閱讀理論「天書」

時自慚形穢的「卑賤感」。譯者文筆兼顧到克莉絲蒂娃行文中時而哲理深邃、時而詩情華采的特質，尤其難得。台灣讀者雖然盼得久了些，卻等來一份精緻用心的學術獻禮。

二〇〇三年七月二十日《聯合報》讀書人版

茱莉亞・克莉絲蒂娃。《恐怖的力量》。桂冠，二〇〇三年。

見山又是山

——評蘇珊．桑塔格《旁觀他人之痛苦》

蘇珊．桑塔格長年來是文化界裡傳誦爭譽的明星級人物。早慧不羈又充滿神祕色彩的人生閱歷、博學宏觀且詞藻豐富多變的創作特色，已經夠令人津津樂道了。屢發人所未見、言人所不敢言的睿智、勇氣，搭配上犀利精準卻又雋永可讀的批評文字，樹立起她鮮明獨特的品牌。拜讀過她那兩本最具原創性和啓發性的代表作，《論攝影》（一九七六）和《疾病的隱喩》（一九七八），我卻偷偷產生些疑心。這兩本書在它們發表的年代固有其不可磨滅的歷史性貢獻，桑塔格的論述鋒芒和學術高度亦毫無疑問，但美國學界裡的博學鴻儒所在多有、能（願）將硬邦邦的學術用語轉譯爲普及版的文化批評者也不少，爲什麼她獨享這麼高的知名度，甚至被尊稱爲「美國知識界的良心」。直到讀了她的近作，《旁觀他人之痛苦》，我對桑塔格才有由衷的敬意，雖然對此封號尙有保留。

此書的開頭先從吳爾芙的《三枚金幣》談起。這本出版於一九三八年的評論曾是吳爾芙長期被忽略的作品，近年來在女性主義的重新挖掘後，其中的名言「女性無國家」已經成爲女性反戰的經典主張。吳爾芙書裡談到「我們」在觀看戰爭死傷照片時，男性與女性的讀者反應不該被等量齊觀。桑塔格從這個部分切入，認爲吳爾芙已經指出，所謂的「我們」不可視爲理所當然的主體，但吳爾芙爲德不卒，沒有進一步探究「我們」是哪些觀眾？我們又如何被「他們」呈現出的影像建構出關於觀看的認知？

桑塔格的任務即是接續吳爾芙未竟的志業，探究誰建構戰爭的影像以及對世人的影響。攝影記者與政府審查機制當然是主導意義的兩大關鍵。表面上，照片好像是客觀地記錄了片刻的歷史，背地裡它又必然透過攝影者主觀的眼光。攝影將遙遠的事件或災難拉近眼前，變得「眞實」，定格成某種約定俗成的集體記憶。如何運用戰爭影像說明政策之必需，或是指控敵方的罪證，都成爲公共機構（政府與媒體部門）篩選評估過的產品。她大量列舉美國越戰、波灣戰爭以迄最近的操作手段，讓幕後操控的黑手無所遁形。

但如果，你以爲桑塔格的結論只是質疑戰爭影像的可信度，呼籲觀眾小心上當，可就太低估她的智慧了。類似的解構觀點她早在三十年前的《論攝影》裡旁徵博引地辯證過，近二十年來的後結構理論更是把所謂眞相、客觀與人道主義鞭笞得體無完膚，開風氣之先的她何至於重申徒子徒孫們的陳腔濫調？相反地，多年不談攝影的她重作馮婦，開啓今日之我挑戰昨日之我的論辯，不惜推翻廣大信眾奉爲圭臬的舊說，實因知命暮年的桑塔格已經看到了懷疑論的流弊。

《旁觀他人之痛苦》對《論攝影》觀點的修正，是全書最精采的部分。在《論攝影》裡，她曾警告，影像不斷重複之後，它蘊含的眞實感或警示性也會逐漸稀薄。當影像越來越飽和氾濫、傳媒文化充斥著血腥聳動的畫面，電視機裡別人的痛苦已成爲用餐時的家常便飯，我們終將對此麻木不仁，即使不是鼓動窺淫癖好。然而在近作裡，她毫不留情地批判昔日的洞見，「這類言論是在要求些什麼呢？把血淋淋的影像消滅配額——例如，每星期一次——就能維護其振聾發聵的威力嗎？」「麻木的假說」綜合了古典與現代主義式的懷舊保守心態，哀悼被現代科技文明腐蝕淪喪的「純良本性」，以及後現代主義式看似激進實則犬儒的輕佻，彷彿一切現實中的暴行痛楚不過是擬象，誰當眞誰白癡。說穿了，就是富裕地區知識菁英不知人間疾苦的清談。

如果重複觀看痛苦影像會耗損觀眾的道德反應、冷卻憐憫，爲什麼還需要成立各式災難博物館，藉由陳列殘暴的證物，記取教訓，建構意義？假使日夜轟炸似的濺血、凌虐、肢解、屍骸的電視畫面使觀眾見怪不怪而不再感同身受，我們又何必轉台？不看，是因爲冷漠？還是源於無能爲力、不願正視我們與權力的眞實關係？

正是桑塔格此番沉痛剴切的反思使我對她肅然起敬。平心而論，《旁觀他人之痛苦》不管在史學縱深或學術廣度上皆不及《論攝影》的規模。然而批評既是針對時弊，就應該隨著時代環境轉變調整。當年桑塔格一系列的解構觀點提醒觀眾對「眞相」的警覺，然而在「後」學盛行多年之後，以往前衛顚覆性的抵抗功能反而消解。徒似一個老於世故的紐約客，對什麼都抱持著高人一等的懷疑、訕笑與無動於衷，對任何文化現象都有一套精妙慧黠的嘴皮可耍。九一一的恐怖攻擊、美國連年對外征戰橫行以及媒體統一口徑的冷漠，應該是驅使桑塔格再論攝影的主因。而這一次談影像——也許是最後一次——她竟然不惜走回較傳統的人文主義批評位置，謙卑地承認，即便見多識廣，「我們」依然無法理解身歷戰禍的恐怖震駭，「他們」——士兵、記者、人道救援者——「是對的」。

聆聽桑塔格立足於現實、反身修正自己（美國）論述傳承的獅子吼，我如果還來進行學理上的吹毛求疵似乎坐實了「旁觀者」的冷血。但正是這第三世界不相干的旁觀者「我」得以指出，桑塔格竟和她開頭批評吳爾芙的一樣，簡化了「我們」。三〇年代吳爾芙能夠理直氣壯地把婦女歸爲無辜的觀眾，二十一世紀的美國女大兵已一躍成爲虐囚者和扣扳機的劊子手。敏銳雄辯如桑塔格竟連在附錄的〈旁觀他人受刑求〉一文中都略而不談，若非控訴布希政權與主流媒體／文化心切，就是對「我們」太過寬容了。加害──受害──旁觀的界線如此混淆不明確，隨時都有跨越的危險。隨著歷史和地域的差異、我類與他者在三方位置上的轉換，觀看的心緒何止萬端？即使身爲紐約客，不同族裔的觀眾收看美軍炮轟巴格達的現場直播時，豈有「旁觀」的相同感受？箇中矛盾複雜的癥結固然難以奢求一冊小書悉數涵括，恐怕也非乞靈於古典人道立場得以解套！

二〇〇四年十二月五日《自由時報》副刊

蘇珊・桑塔格。《旁觀他人之痛苦》。麥田，二〇〇四年。

如何收編林海音

林海音生於日本，長於北京，定居故鄉台灣。她是個作家、編輯、出版人。她寫小說、散文、評論與兒童文學。林海音跨越族群鴻溝，遊走文類職場界限，複合的身分與多元的歷練向來為人樂道。多元正是非一，更暗示其中各種論述的含混、曖昧，甚至矛盾扞格。林海音個人與文學經驗對當前不同立場的意識型態而言，其實都有某種「政治不正確性」。這種政治不正確性曾經使林海音的文學價值被冷落、蒙塵好一陣，卻也在近年來各類論述火拼較勁之下，成為另一個較力的擂台。各方陣營透過詮釋權的爭奪，試圖將她「確定」，繼而收編起來。這股熱潮固然可以刺激學界重新審視評估林海音，但也恐怕再次誤讀抹殺她作品最重要的特質，從而失去了文學最發人深思的可貴之處。

性別的林海音

在女性文學研究的領域裡，林海音是個一度沉寂的作家。當女性意識開始在八〇年代台灣強力放送時，以書寫新女性和性別模式的新世代女作家吸引了文評家注目固不待言，提及五〇、六〇年代女作家，大家青睞的也偏向敘述女性情欲而引起爭議的郭良蕙。林海音的溫柔敦厚成了她的致命傷。她擅長描寫的都是舊時代的女性，在社會環境的錯待下消耗青春生命，仍是哀而不傷，怨而不言，最著名的莫過《燭》裡那位以自憐自殘來反抗多妻制的奶奶，最終只造就了自我的終生癱瘓；拒絕臥榻之側與其他女人分享的下場，是象徵性地自己盤踞了那張原屬兩人的床，而那從此空缺的枕畔，只能替代性地點上一根蠟燭，自我取暖垂淚。或如《殉》裡沖喜不成，以處子之身守一輩子寡的方大奶奶，將對小叔幽微壓抑的情意轉換成對他女兒的母愛。這些故事雖可當作父權制度壓迫女性的負面複本，對於當時急需積極進取女性形象的女性主義者而言，似嫌開拓性不足，甚至有暗示「昨非今是」的保守心態。

至於她作品中一些較強勢的女性，如《春風》裡的校長，堅持理念與辦教育，堪稱職業女性的楷模。但是林海音又讓她兼蓄傳統婦女的美德，賜予她寬容的大愛、無私到願意撫養照料丈夫情婦的女兒；其他觸及可能引來爭議的故事，如描寫少女成為婚姻第三者，最後未婚生子的《曉雲》，以及為了供養妹妹而從事歌女「賤業」的《孟珠的旅程》，都在情節發展到必須面對人性更深沉欲望或者挑戰既有秩序的危機點時，逕行以倫常人際的溫暖和諧為處理衝突的輕便手段，閃避掉對舊體制可有的檢討與批判。

直至近年來，女性主義文學批評發展出更細膩而複雜的解讀策略時，林海音那種顧全大局，卻不斷由敘述小節裡釋放出的顛覆性才獲得了解釋。例如她記敘成為夏家媳婦後見聞到各類新舊家庭問題的《婚姻的故事》，儘管恪守倫理家規，也不免暗諷文采風流的舊式文人公公枝巢子，每於詩文中美譽小妾「嫚姬」，偶一提及顧家妻子稱「健婦」，實則造成家庭離心，各懷鬼胎；同一篇裡另記某新派人物方先生，瞞著為了他而與娘家失和的不孕妻子組成另一個家庭直至妻子過世。雖然客觀記敘，但作者對現代男性自詡的道德觀，卻忍不住發出女性的嘲弄諷刺。相較於小說中的委婉，林海音在散文裡就表露出非常明顯的性別意識。早在台灣當局注意社會問題之前，林海音即為文談論台灣婦女的處境，呼籲改善養女制度。對於其他女性工作者，更是推崇有加，姊妹情深表露無遺。

尷尬的是，她爲國小教科書寫下的例句「媽媽早起勤打掃，爸爸早起忙看報」，卻干犯女性主義者之大忌——重複建構性別刻板印象。對於批評聲浪，林海音自覺委屈，因爲這幅家庭景象，對她而言，不是「印象」而是「寫實」，林海音的辯白，十分值得玩味，因爲「寫實」美學的顧慮正解釋了她小說中性別政治的曖昧。對女性主義文學批評者來說，到底偏好具有顚覆性、虛構的理想形象？還是眞實的女性經驗——在父權制度下妥協性的存在？到底哪一類文風最具有解構的政治潛能？這是林海音文學持續給女性研究者的難題與省思。

族群的林海音

在文學史的定位上，林海音最常被歸類到「懷鄉文學」裡，《城南舊事》號稱是其中巨著翹楚。台灣當局如此解讀，大陸學界居然依樣呼應，兩岸血脈關聯，果眞「一脈相傳」。

《城南舊事》取代《婚姻的故事》或《綠藻與鹹蛋》，成爲林海音最常被提及的代表作，這經典化過程正是某種意識型態的展現與變動。姑且不論林海音的代表作爲何，

《城南舊事》是否該稱爲「懷鄉文學」則是値得商榷的事。首先，林海音透過口音的模仿再現，點出爸爸是客家人、媽媽是閩南人的家庭組合。英子敘述中的北京，正是透過外地／台灣人的眼中顯現出的他者。這種語音上的夾纏同時寓意了本文間各種論述的眾聲喧嘩。正統北京話發音下的「惠安館」，在由異鄉飛來的父親口裡念成「飛安館」，而在宋媽與母親這兩位女性嘴裡則成了「惠難館」和「灰娃館」，暗喻女主角精神失常的悲劇命運。在「城南」這種封閉空間文化裡，有被逼瘋的秀貞，有被賣爲妾只有私奔遠走爭取自由的蘭姨娘，更有嫁給蠢驢丈夫的認命宋媽。回憶童年點滴原應充滿天眞歡笑，但是英子的憶往竟有如許灰暗苦澀。儘管懷念過往人事，城南豈能是女性的鄉關歸處？

雖然在《綠藻與鹹蛋》裡許多篇小說都不乏對國民黨的嘲諷與對台灣現狀的關心，但長期以來被貼上「懷鄉」標籤以及來自大陸的偏愛，台灣本土論述興趣的初期並不特別重視林海音。近年來，也許因爲本土論述發展較爲「成熟」、「包容」？也許是因爲開始正視文藝收編的政治效果，也許是因爲林海音畢竟有台灣人祖籍，報章雜誌各界人士紛紛注意到她在聯副主編任內，冒著大不韙提拔過很多本省籍作家，刊登不少鄉土色彩強烈的文章。剎那時，林海音的「京味兒」變成土味，而本土化後的林海音爲台灣文學所做的努力與貢獻也才獲得認同肯定。我們不禁要爲林海音捏一把汗，假使她任內剛好沒有這些優秀本省作家的投稿，那麼只刊載外省人作品的林海音，對台灣文壇的貢獻須待何時才被認可？

解嚴的林海音

文學的林海音始終擺脫不掉政治性的包袱。她在聯副編輯台上因涉及敏感政治話題而下台，不選擇任職其他報社編務，毅然自創出版社與雜誌，標榜「純文學」，其實不正是對政治加諸於文學的強力反抗嗎？證諸林海音評價在各方面批評論述裡的浮沉，「純文學」出版社的關門似乎另有象徵。

「文學歸文學，政治歸政治」，向爲文學人士之大夢。實質上，論述既必有批評立場，立場則難脫某種意識型態的影響。與其掩耳盜鈴，不如正視文本或作家與各方論述的關係。林海音集多種身分於一身，又夾纏在傳統與現代、大陸與台灣、父權與女權多種意識型態的集匯，她如何在文本中嘗試和各方勢力對話？身爲書寫主題，她如何在與各論述對話中尋求自我的定位？

正典化林海音是肯定她文學成就的必要實證，但是如果正典化的目的是將其定於「一尊」，變成某類代表、「典範」，恐怕正是矮化林海音。她之樂於提攜後進，推介同儕前輩，安於當幕後推手，正是不願一枝獨秀，而願百家爭鳴、百花齊放的最佳佐證。即使透過詮釋權的行使，將林海音定格，也勢必有許多她當日扶植、欣賞的奇花異卉無法被納入規範。文壇的眾聲喧嘩，正如她文本中各種論述的顯影，有相互質詰對抗，有矛盾衝突，以及更多相互容忍與妥協。

何必收編林海音？如何收編林海音？

二〇〇〇年中國現代文學館「林海音作品學術研討會」

文壇挑夫‧志在千里

上個世紀在文學式微、小說已死的耳語中落幕。輕量化、遊藝化、市場化的速食口味據說將是新紀元的取向，如果「文學」還沒絕跡的話。但是從九〇年代末伊始，卻有一股「逆流」悄悄湧現，許多封筆多年的重量級大師紛紛挾帶著「沉重」的新作重出江湖。單在小說領域，就有黃春明的《放生》（一九九九）、王文興《背海的人》下集（一九九九）、陳映眞的《忠孝公園》（二〇〇一），以迄最近出版的段彩華《北歸南回》。這些在文學史上原來分屬於鄉土文學、現代主義、以及反共懷鄉時期的主要代表作家，竟然不約而同跨過歷時性的接續，共時性地在當代文壇裡再揮彩筆。此番捲土，究竟所爲何來？

《放生》的問世，距離黃春明三冊小說全集出版（一九八五）忽忽已有十四年之久。隨著台灣解嚴後本土意識的轉強，鄉土文學和黃春明正典性的地位業已宣告確立。有趣的是，作家本人在八六、八七發表四篇作品後，在這十年間卻停說故事，轉營兒童劇場。所喜他幼幼之餘，難掩長久以來對「人之老」的關懷，於九八、九九兩年打破沉寂，續成六篇，趕在世紀末爲台灣留下這一系列見證老人問題的小說集。承續作家七、八〇年代探討的主題，新作中不乏批判資本主義過度滲透開發下扭曲變質的鄉村景觀、風俗人文，聲援被官商強權欺凌剝削的升斗小民（〈放生〉）。非但如此，作家更提醒我們，那些被遺棄在農村的銀髮族群才是弱勢中的弱勢。被家庭和社會搾乾生產力和經濟利益以後，他們的剩餘價值似乎只有鎮守在家園哄小孩、打蒼蠅（〈銀髮上的春天〉、〈打蒼蠅〉），權充本土文化的「守門人」（〈呷鬼仔來了〉）。這些苦守家門、望穿在大都市裡「成器」的兒女們偶一返鄉團聚的棄老們，竟然得用自己的喪禮達成心願（〈死去活來〉、〈售票口〉）。黃春明再就打擊位置，正爲不斷高齡化的台灣敲出十記響亮的警鐘。

在文學系譜上慣常與鄉土文學對比的現代主義小說，巧合地在同年由其掌門人王文興推出《背海的人》下冊。續集的出版離上集雖然已有十八年之久，但故事裡的時間卻還凍結在上集結束後的第四十天，一樣是一九六二年某個主角失眠的夜裡。對於在速食文化養成的讀者而言，整本小說都只是「爺」這個獨眼瞥腳失敗者的長段獨白，而且叨念的時間比王寶釧等回薛平貴還久，實在是不可思議的神蹟。然而這種超脫文學潮流、不逢迎時代價值的美學堅持，恰正是現代主義的信念。不管外界環境如何物換星移，作家始終專志於文本的經營。在與文字錙銖必較的嚴謹中進行生存、愛情與敘述形式的辯證，小從敘述語調、口吻的擬眞，大至意象象徵、結構觀點的設計，無一不是精心推敲。王文興以生命實踐他信奉的文學準則，不啻爲現代主義樹立一個跨時代的典範，再度讓人對文學家的卓絕風骨心嚮敬服。

出入現代主義與鄉土文學而自立門戶的左翼戰將陳映眞，在熱中評議多年之後，終於在去年出版小說新作《忠孝公園》以饗久違的讀友。新書雖然只有三篇中篇故事，但篇篇下足史料蒐證功夫，針對族群國家、身分認同等政治大議題展開耐人尋味的辯證。例如〈歸鄉〉一文，特地描述戰後台灣兵加入國民黨軍旅，卻被徵遣而後遺棄在大陸的一頁滄桑史。烙印著台胞的黑色記號在大陸掙扎五十年後終得返鄉，最可悲的，竟然是連兄弟都將之視爲嗜金爭產的大陸人，終至黯然離台。同名篇章〈忠孝公園〉更並置一位日據時期徵調南洋的台籍老兵和一位前滿洲國「投誠」的國民黨特務的經歷，嘲諷在近代史上頻頻改朝換代下所謂身分認同的曖昧與脆弱。陳映真不愧爲虔誠的馬克思信徒，直指經濟利益與認同政治的血濃於水的關係。小說中的國民黨特務固然見風轉舵隨波逐流，無論效忠滿洲國、八路軍或是殺害多少敵人、同志，只要有奶便叫娘；台籍老兵在天皇神威下自稱是大和子民，但在索討補償金遭拒時，同樣堅決與「小日本」劃清界線。國家機器依其統治需求操弄個人認同的冷酷技倆，更在陳映眞的敘述中處處顯露破綻，無疑對台灣近年發燒的身分議題當頭潑下一大盆冰水。

與陳映眞新作恰成對比的，既非宿敵亦非新惡，竟是昔日戀戀神州的懷鄉健筆段彩華。《北歸南回》描寫外省老兵們返鄉省親，發現山川異色、大陸親人認錢多於認人，於是紛紛折返安居，根留台灣。同樣探討動盪時代中雙鄉情懷者的尷尬處境，段彩華的筆下卻是多三分寬容少一分批評。外省作家心向台灣，台籍作家情歸彼岸，兩人的創作立場再次佐證各自新作裡對「本質性」族群認同的質疑。

回顧台灣文學數十年來的發展，歷來是青年作家引領闊論，但熱潮頂多維持至中年，過此則大多銷聲匿跡，仿如影藝圈生態。年輕的創意與衝勁的確爲台灣小說勾繪出不同世代的敘述景觀，然而繁華閱盡的穩健潛沉亦是厚植文學內涵、形塑典律傳統的要素。儘管黃春明、王文興、陳映眞和段彩華早已取得文學史上的席次，但經世載道的使命並未完成。四位資深作家再次肩挑重擔，為自己的關心的族群、堅信的理念，與當代論述進行對話。資深作家的集體發聲，適塡補台灣文壇歷來缺乏的低音部，齊全了老中青三代。為朝向眞正多聲部的台灣文壇回注堅定的力量。

二〇〇二年九月八月《中國時報》開卷版

輕・鄉土小說蔚然成形

猶記得千禧年接近倒數的一、二年間，各種熱中「展望」新世紀的討論裡，對於台灣文學的未來雖有許多期待想像，隱隱地也流露出某些焦慮悲觀。畢竟，經過喧嘩、情欲、華麗而前衛的世紀末洗禮，小說技巧與議題的開展似乎已臻至高峰，接下來，還能玩出什麼花樣呢？

不過短短幾年，新的小說類型又蔚然成形了。這股新興勢力由五年級中段班的袁哲生領銜，六年級的吳明益、甘耀明、童偉格、伊格言、張耀升、許榮哲等爲主力，共同開創出一種輕質的鄉土小說。這種文學跟七〇年代或更早期的鄉土小說貌合神離。一樣書寫鄉間市井黎民故事，甚至更人量地描寫民間習俗信仰，新鄉土的奧趣卻不在反映

（後）資本主義入侵下的社會問題；因此不似前者偏好以畸零人或特殊經歷裡行業者爲敘述角度，後者多是少年和青年的眼光。敘述形式因襲鄉土小說既有的寫實與現代主義，兼且融入魔幻、後設、解構等當代技巧以及後現代反思精神，但又不若九〇年代小說在形式與文字上的繁複。這批新浪筆下的鄉土，也許是可親好玩、神祕陌生、平凡無聊、或是無厘頭似地可笑，但絕沒有個預設定義或目的。新鄉土小說的出現一方面是台灣主體論述、本土化運動的產物與回應，另一方面則體現雷蒙・威廉斯所謂的「感覺結構的世代差異」。低脂低鹽低熱量的配方，正是新世代作家們調製出的時代新風味。

夾在一群六年級小弟弟寫手行列，五年級的袁哲生（一九六六）地下有知，恐怕又要一貫尷尬、自嘲式地苦笑了。袁哲生雖然九〇年代就嶄露才華，卻與主流創作路數大相逕庭，遠不及同輩小說家駱以軍受到青睞。然而他默默從《寂寞的遊戲》、《秀才的手錶》兩本短篇集裡原創出一種書寫風格，到新作《羅漢池》（二〇〇三）中已然成熟確定，可惜竟等不及歡呼收割。袁哲生的文字經濟凝鍊，造境感情含蓄節制，然而委婉的三言兩語間通達那複雜幽微的人情世道，筆墨盡處盪漾未竟之意。外省第二代的他不僅台語書寫流利道地，搭配上輕簡的敘述詞彙及句型，竟奇異地激發出台語文裡文言典雅的質數，格外顯得「燒水溝」、「羅漢埔」這樣虛構的鄉土世界古意樸拙。但儘管有情有義，這自給自足的世界裡缺憾也不少。「燒水溝」裡的時間沒有進程與未來展望，也沒有原鄉式的過去懷舊，只有不圓滿的現在周行運轉；「羅漢埔」裡窮苦的羅漢腳們永遠只有羨慕有錢大少爺玩女人的份，點出欲望、藝術與宗教三者間既矛盾又相互依恃慰藉的無奈。

吳明益（一九七一）至今出版兩部散文和兩本小說，在六年級作家群裡算是著作豐富了。小說內容大都是青少年或當兵時期遺忘的塵封往事，風格尚不清晰，甚至不及他在散文形式上的獨創。吳明益的小說最精采的部分，都是加入民俗宗教傳統下的神祕成分，例如〈虎爺〉裡的舞獅與神明附身，〈廁所的故事〉裡半夜上公廁受驚失魂、神壇收驚等等。他音譯的閩南方言在對話部分有些生硬，但一旦描述民俗儀式時，文字卻特別具有韻律感，忠實傳達出儀式行進、舞動的節奏。將無跡可查的鬼神之道躍現紙上，卻又對神祕論述的眞實性不置可否。

在這一批青年寫手裡，甘耀明（一九七二）的鄉土小說應算是最沉重、企圖最強也最接近正宗鄉土小說的異數。一則俚俗裡處理死貓的簡單諺語，〈吊死貓〉卻能衍展縱深、探討小孩初初面對生死大限的抗拒及接受。甘耀明不僅對台灣生活史展現過人的熱情，還將政治與歷史的刻痕適度地置入。得獎力作〈神祕列車〉一開始以鐵道迷似的敘述者把數十年來台灣火車車型、車站建築、發車時刻表如數家珍般娓娓道出，順勢將敘述駛入時空記憶。就在讀者可能沉醉在那些詩意又細膩的窗景時，故事眞正的重心——白色恐怖下的家族創痛——也隨之滲漏，瀰漫成一股久遠卻縈繞不去的傷懷。另一篇得獎小說〈伯公討妾〉則藉由客家庄土地公迎娶大陸妾神入廟的奇談，諧擬傳統婚姻中納妾留夫以及時下包大陸二奶的庶民家庭（鬧）劇。甘耀明的鄉土寫作不僅能將民間俚俗裡的喜感趣味表現出來，更能在社會性歷史性之外刻畫出地方性。他試圖把台語和客語方言融入白話文書寫裡的努力已卓然有成。總體成績亮眼，後勁十足。

六年級後段班的童偉格、伊格言、張耀升與許榮哲，一樣是運用庶民文化爲素材，深層結構裡似乎承襲更多現代主義的精神。鄉土或家庭，只是大、小空間之於主體存有的關係，引發又撫慰青春的孤絕、躁動。正如童偉格（一九七七）的〈假日〉與〈躲〉，前一篇的小孩終於成長到能騎上外公的機車，可是「路它自己沒有了」，後一篇的農家子弟想要逃離「無個了結」的莊稼生涯，離家改行當過礦工、漁夫，終了不僅倦鳥還巢還煞有介事地在村裡廢棄休耕的田地上蓋起看守土地的亭子。逃與返無非一體兩面的欲望。眞要溯源起所謂原鄉，新世代可是具有懷疑精神的。備受好評的得獎大作〈王考〉，一面引據史集方志與民俗學誌推崇考證父系文化體系，一面又施展嫁接衍異的工夫讓文義錯亂歧出自我拆解，略表其志。

伊格言（一九七七）的文字在同儕間是最華麗。從《甕中人》輯二裡四篇相當用心的文本觀察，徘徊在現代主義與鄉土文學的特徵更爲明顯。伊格言運用大量做醮祭拜瘟王的宗教儀式穿插在〈祭〉文中，同時加入推銷A片、脫衣舞敬神等在地的「民間藝術」去神聖化，更以敘述者悲苦的意識流貫穿全篇，反諷信仰之不可信。與其說是救贖，年度儀典的舉行倒像是躁鬱復發的周期，只能間歇，不能治癒。然而伊格言過度耽溺於營造肉身腐壞或防腐的死亡意象，不管是骨灰甕裡的殘骸或是泡在透明藥水箱裡的嬰屍，風格異豔強熾，卻也容易像一格格幻燈片組，片段零落。

張耀升的〈暘城〉和許榮哲的〈ㄩˋㄧㄢˊ〉都是打著鄉土反鄉土的後現代式小說，前者嘲諷關於「家鄉」「家庭」等制式作文，後者索性把美濃的菸樓、油紙傘、鍾理和紀念館及不存在的美濃水庫一併抽離符旨，變成是觀光景點、符名而已——美濃彷佛變身爲後現代卡通「南方四劍客」裡的南方公園。但是張耀升（一九七五）最精采的還是現代主義式的〈縫〉，將倫常孝悌的維護與崩解類比裁縫光鮮的外衣與內裡針線的凌亂，寫來寒冷森然。許榮哲（一九七四）後現代路線的〈小明爲什麼不會死〉，結合城市空間、監錄科技與流行的 live show 節目，倒眞是延續喬治歐威爾「老大哥」式極權的ㄩˋㄧㄢˊ傳統，令人驚悚且驚豔。

也許使命感強烈的讀者會覺得這樣的小說不夠分量，無法顯現鄉土人文的神髓。然而台灣現代文學一路從反殖民、反共、反寫實、反西化、反父權到反總體文化裡文學傳統，沉重得太久了。這批生力軍雖然還生澀稚嫩，技巧與議題上猶見許多中外名家的影子，清新多元的觀看視角以及熱情豐沛的創作能量，值得大家拭目。

二〇〇四年五月十日《中國時報》開卷版

別有滋味

「一款米，飼百樣人」，古諺裡早已點出飲食的同質性與身分建構的不一致性。吃一樣的食物都會變成不一樣的人，我們倒又希望吃異族的食物能消弭彼此的差異。喝一口咖啡，歐美文化彷彿注入體內；嚼塊生魚片，日本傳統齒頰生香。這種常識邏輯上的矛盾，在學術上，可就牽涉出「全球食物與在地認同」等龐駁辯證。賴香吟有一篇小說〈滋味〉，發揮了文學才有的獨特功能，短短篇幅，就把飲食文化與身分認同裡錯綜的關係勾勒分明。

小說大意是描述一個南部本省小孩一心嚮往台北陌生而多元的美食，北上求學就業過程中遍嚐各種外省、外國美食後，好奇貪鮮的口欲逐漸沉澱平靜。從第一重意義解讀，〈滋味〉可說是一篇成長小說，從飲食口味的迭易探討個體從嚮往、追尋、體驗、失落與再出發的成長歷程。從更深層、象徵體系上解讀，文本指出，食物是南北、族群種族文化的表徵，亦是階級、婚姻狀態與世代的身分標誌。南部「道地」的小吃當推本省人的碗粿和四神湯，「純正」的外省牛肉麵食與外國美食可要到北部大都會。窮學生們偶爾能上西餐廳打牙祭，最常飽餐的莫若路邊攤的排骨飯鹽酥雞、宿舍裡簡單的煮水餃加小菜；單親家庭多是經久便利的大鍋滷，小孩吃膩了就靠速食店的漢堡炸雞大快朵頤。

賴香吟不是美食作家，滿紙珍饈卻不是滋味。善寫政治議題的她烹小鮮還是爲治大國。小說最大的諷諭在於，中外南北的山珍海味儘管得以座落左鄰右舍、在嘴裡「越界」「混雜」，每到選舉時藍綠旗幟分明、族群世仇的清算對立，一再證明既定身分的牢固。

無獨有偶，平路的《何日君再來》也是用飲食來暗喻身分差異，同樣對兩者的去畛域性存疑。文本裡的大明星每天指派法國小男友去買瓦罐燉出來的雞鍋、魚翅，男友聽從差遣卻恨透了「油裡浮著一塊內臟，看起來倒胃的東西。」「爲她的吃食，他們吵過很多架。」尤其當兩人回到女主角的家鄉時，儘管她賣力推銷他「筷子用得多麼好」，法國男人吃不來川味麻辣、「筷子掉在地上，打斷她的話」，再再表示他無法融入華人的語彙以及文化體系。兩人飲食的差異，明白標誌出根本性的文化鴻溝。

賴香吟及平路的小說讓我聯想到羅蘭・巴特說，每一個文化區域裡選擇、烹調食材，以至擺飾、進食次序和餐飲禮儀，都是系統性的語言。看來，滲透於飲食文化中的民族性、地方性或是階級性結構，可沒這麼輕易就能被外族嚼碎。再怎麼雜食世界百匯，到底還是那個吃米的人哪！

二〇〇五年三月十三日《聯合報》讀書人版

賴香吟。《島》。聯合文學，二〇〇〇年。
平路。《何日君再來》。印刻，二〇〇二年。

我觀察・我思味・我同情

張秀亞以散文見著於世，少有人注意，她的文學創作生涯一開始便是小說和散文同時並進的。中學時期的張秀亞時常投稿天津《大公報》的文藝副刊；一九三七年，就已經自費出版了第一部小說創作——《在大龍河畔》。接著她又陸陸續續出版《皈依》、《幸福的泉源》以及《珂蘿佐女郎》三本小說集。張秀亞來台灣以後，一九五二年出版散文集《三色堇》而聲名大噪，隔年起又繼續發表《尋夢草》、《七弦琴》、《感情的花朵》……等小說集。總括而言，從一九三七年到一九七〇年，這三十四年來她一共出版了十部小說創作（包括八部短篇、兩部中篇）。十部小說在張秀亞浩博的創作卷帙中佔據的比例不是首位，卻扮演著舉足輕重的關鍵。她自己曾說：「雖然這幾年小說寫得較少，但是較之詩和散文，我是懷著更嚴肅的心情執筆的。」（《感情的花朵裡前記》）細讀這十本小說的風格演變，並參對當時文學潮流的趨勢，此言確實不虛。張秀亞的寫作風格由模仿名家小說起步，期問歷經了一廂情願的理念化與幻想式的青年時期，最後逐漸形塑出一套具備作者自覺性的小說書寫技巧。換言之，她後期的小說是經過她自己——作家同時也是學者——對多方美學概念的萃取，不斷摸索改良下的成果。全面性地閱讀、觀察張秀亞的小說，對於張氏整體文學成就及其藝術信念將會有更貼近的感受和認識。

一

張秀亞的創作生涯溯源自中學時代，天津的《益世報》、《大公報》和《武漢日報》的文藝版都是她發表的園地。當時分任這三個文藝刊物的編輯柳無忌、蕭乾以及凌叔華，都注意到這位新秀的才華。更由於蕭乾的慧眼與推薦，張秀亞結識了許多文壇名家，例如同屬京派文學陣營的凌叔華和沈從文。也許是受到這些大家的影響，收錄於《在大龍河畔》的短篇小說幾乎是京派風味的習作。詩化的敘述文字夾帶北方俚語方言，內容題材則多著墨於鄉土平凡百姓的苦難。雖然人物塑造、敘述結構與思想主旨還稱不上是完整深刻，但是遣詞造境上的才能已經耀眼奪目，預示她在創作上蓄勢待發的豐沛潛質。可惜《在大龍河畔》不曾在台灣重刊，張秀亞寫過鄉土小說以及與京派文學的淵源遂少見提起。

考上北平輔仁大學以後，張秀亞浸淫在天主教的宗教氛圍中，修習教義並受洗成爲虔誠的教徒。她在這個時期創作的《皈依》（一九四一）和《幸福的泉源》（一九四一）皆屬宗教文學的類型，可說並不令人意外。以文證道、以道弘文，是許多有布道使命感的作家宣揚宗教信念的策略，但強烈的目的性往往減弱了藝術性的發揮。尙屬新手階段的張秀亞，在選擇這類題材發揮的同時，自然也不容易突破宗教小說可能具有的侷限。不過我們倒可以從中注意到她寫作的兩個轉變。首先，這兩部作品，一則五萬字另一則爲七萬字，是張秀亞最初也是最後嘗試的中篇小說。這似乎暗示著作者曾經有意挑戰中長篇體裁，不過最後還是選擇最爲擅長的短篇形式。再者，張秀亞由京派小說路數初初崛起文壇，接著卻改弦易轍從事宗教文學的書寫，兩種迥異的風格流露出她勇於嘗試的企圖。這一點在她日後的創作裡益發明顯。

大學畢業以後，張秀亞原本留校繼續攻讀研究所，只是隨著二次世界大戰全面開打，日軍對淪陷區展開更高壓的統治，張秀亞決定逃難到大後方。她的文名很快使她受邀擔任重慶《益世報》副刊主編。芳華正茂的文壇才女也在這個時期墜入愛河，繼而步入家庭。《珂羅佐女郎》（一九四四）裡七篇故事主旨較之前作更顯多元、寬廣，既有描述情愛糾葛的〈珂羅佐女郎〉、〈夢之花〉，亦有描寫間諜活動的政治小說〈未完成的傑作〉、〈一個故事的索隱〉和〈北國一詩人〉。最精采的一篇〈動物園〉則是諷刺淪陷區裡日本統治者及其走狗的嘴臉。政治小說與宗教小說一樣，分寸稍一拿捏不穩則流於刻板宣導之嫌；可貴的是，〈動物園〉透過一位年輕新式女教員的視角來探照校園沉淪的生態、教育人員們刻薄、守舊、猜忌、欺善怕惡的嘴臉，間接折射日軍在淪陷區裡自文化根本的腐蝕。全篇不見慷概激昂的陳義或是公式般對日本人的醜化，作者逕自描述現實社會裡的人性扭曲竟然連校園也成了「動物園」，政治性的諷刺意味濃厚深刻卻不露骨。〈動物園〉是全書最精采、也是我認爲張氏大陸時期創作小說裡最優異的一篇。整體而言，收錄在《珂羅佐女郎》的七篇小說不論是文字修辭抑或是敘述結構的設計布局，皆可見水準的提升。張秀亞對小說創作的嘗試及摸索，在《珂羅佐女郎》這個階段已經準備就緒。

II

隨著時局的動盪以及作者個人生涯上的一連串變動，張秀亞停筆數年。直到來台後，先發表散文集《三色菫》，繼之才出版小說集《尋夢草》（一九五三）。這本書的「前記」可視爲張秀亞對自己小說創作的回顧與批評。她先是引述兩位師友規勸過她的評語：一個認爲她的小說太過理想、與現實脫節，一個則認爲說教意味太濃厚了；然後她不僅謙遜地接受兩位友人的針貶，並且毫不留情地大肆批判起自己的缺點：

我的小說中，說明，多於敘述，敘述，又多於描寫。藉了說明，我時或炫弄自己的小機智，間或愛掉個小書袋。這由於我在一個時期多讀了莫泊桑（且迷戀沉酣於其作品中），但我缺少了他的天才，所以小說寫成了這付模樣。（他的小說得力於觀察經驗。而我的小說則多來於想像、書本，對人生的一知半解。）另外，我又欣賞了梅立美，這一來就更爲壞事，因爲我沒有他的淵博，卻只學會了那誇張、鋪排、和一些浮光掠影，不切實際的場面！我雖然也喜讀近代一些英美作家，想學看來寫片段繁複的生活，寫心理分析，但一個對人生過於淺視的人，倉促中更找不到一具顯微鏡與一把解剖刀，好意的讀者說我的文字「流風迴雪，落花映草」，但我自己卻說：流麗的外表下，裝含不了太多的東西。（《尋夢草・前記》，頁七）

如此嚴以律己的評論，流露出作家虛心容受的風範以及自我要求的精神。儘管過度自貶身價，這篇前記卻標誌著張秀亞再出發的不同：高度自覺的創作。也就是說，張秀亞從來台灣後的第一本小說集開始，就有意識地修正、塑造自我的敘述方式，而非以往青年時期模仿名家或教化掛帥的習作。《尋夢草》裡的短篇〈幻影〉，前七頁講述一個癡情堅貞的悲劇愛情故事，最後一頁筆鋒直墜，暴露這癡情漢原來只是個感情的騙子。在這輕描淡寫的幾筆中，作者對自己早期作品裡堅信的人性、感情，發出前所罕見的懷疑與嘲諷。她的人生觀與創作觀的蛻變，由此可見。

張秀亞的小說試煉在下一部作品《七弦琴》（一九五四）中有著顯著的軌跡。首先她在自序裡說道，「這集子中沒有一個故事道及了我自己，這在我是一個轉變。我一向是慣於自述悲喜的，但在這集子裡已找不到我的自畫像。」（《七弦琴》，頁五）書中的七篇小故事，都取材平凡人物的平淡事蹟。卑屈生命中散發出淡霧般的幽怨與哀傷，像七首綺麗低迴的抒情詩。初讀此書，也許要覺得不脫夢幻綺想的舊習；既乏巨裂世變的紀實，也缺少小說應有的情節。單從小說集內的題材而言，她的確不「寫實」、與「時代脫節」，也看不出來地域特徵。然而仔細核對她在一九五三年、一九五四年發表、卻未收錄於這兩本書的稿件，不難注意到其中似有蹊蹺。感謝此次全集的編纂工程，讓我們能重窺舊作原貌。這些未刊稿中，如原載於《中華婦女》的〈三代〉和〈訣〉都是原汁原味的反共小說，〈耶誕樹的故事〉更是「愛台灣」小說。〈如願〉則是以台灣為背景，寫一對本省籍青年因為女方比男方優越，致使男方自尊作祟的故事；跟當時許多作家一樣，這些阻撓都在男主角當兵入伍後獲得解決。這些附和官方意識型態的故事，其政治性的純度並不輸當時強調時代氛圍的作品，並且文字造詣還更勝一籌。奇怪的是，為什麼張秀亞不曾將此類作品收入《尋夢草》與《七弦琴》二書，亦不見補錄在後來的著作之中？倘若收錄刊行，不正可杜悠悠眾口，昭雪自己的社稷使命？

我以為，未收錄這些「政治正確」的作品應該是張秀亞刻意的篩選。雖然它們是足見時代意識的小說，但並不符合張秀亞日益嚴謹自覺的美學標準。正如《尋夢草》的前記，《七弦琴》裡的序也是一篇對自己的文學進行批評的文章，幾乎可說是學者張秀亞對作家張秀亞的批評以及小說理念的闡釋。序言裡，她簡短地說明自己過往小說的問題，繼而談到當前自由中國作家們的任務。這個任務並非是激發愛國情懷、收復失土，而是以如何創新形式爲首要。她列舉歐美作家的成就爲標竿，論述小說實驗的趨勢：

三十幾年以來，歐美的作家們，也有意無意的，將過去的法式棄而不用了，而開始在小說的廣袤地域，作多方的探險，而獲致了多方的成功。一枝犀利的筆，權做了解剖刀使用，而將人生加以縱剖橫斷，同時，更藉助於生理，心理學，將人、將人生分剖得支離破碎，體無完膚！然而，即由於這，我們看到了心靈深處的微妙活動與顫動。看到了人的高貴與卑微，偉大而平凡。甚至於有些作家（如維金尼裡吳爾芙），在小說中索性不要結構。否認人間諸象有所謂悲劇，喜劇，全不據慣例，而純依據心理的感受寫作了。文章，遂如一道急流，在怪石巉岩上，跳躍而過，又如晴陰不定的六月天氣，忽而細雨輕雷，忽而彩虹斜掛，美妙神奇至不可思議。總之，大勢所趨，小說寫作已由外表而移向內在，而不專以傳奇故事來博人喝采了。

（《七弦琴・序》頁四～五）

換言之，學者張秀亞醉心的並非傳統、寫實主義類的敘述技巧與主旨內容，而是現代派的文學標準。因此，在張氏後期的小說裡，缺乏「現實」色彩不是耽溺於不食人間煙火的小兒女夢幻，而是一種刻意與現實脫節、轉向內在心理探索的文學嘗試。類似上述引文的小說觀念在她散見於後來不同的評論、訪談之中。無需諱言，張秀亞對英美現代派小說的推崇與追隨並沒有使她創作出純粹的現代主義作品，不管是形式或內涵。但是她對小說創作的高度反思和挑戰（自我）習規的堅持，使她接下來的二部小說《感情的花朵》（一九五六）以及《女兒行》（一九五八）佳作迭出，留下她在小說文類裡的代表作。

III

在《感情的花朵》、《女兒行》這兩本小說集中，張秀亞的創作風格產生兩個明顯的轉向。一是重拾京派筆法，另一個則是取法了歐美女性現代派小說，寫出戰後台灣女性文學中的佳作。〈暮年〉和〈娥姐〉是《感情的花朵》裡兩篇京派色彩濃郁的小說。前者以童稚的眼光敘述老農穆山伯伯喪妻之後倉促再娶卻落得人才兩失、悔恨以終的悲劇，後者以鄉下小少爺爲第一人稱描述一段貧富差距的姊弟戀悲劇。從《在大龍河畔》

出版之後就另闢蹊徑的作家，此番重拾京派小說路數，透視人性的深度以及說故事的功力直逼蕭乾、沈從文與凌叔華等前輩。描寫穆山伯伯續絃後還不住地呼朋引伴揮霍擺闊，表面上好像寫他快意人生，卻形容「那笑聲十分可怕，比在水邊呼喚他的亡妻的聲音更爲可怕」暗喻他心中的空虛已至崩潰邊緣。穆山死訊傳出，原本掏光他積蓄後夥同情郎私奔的老婆又回來了。張秀亞只淡淡補上一句，「她到了那座新墳上燒了紙，哭了一場，便承繼了河邊那座泥土造的房子，同那空了的盛麥子的倉囤。」簡潔俐落，就把寡婦的身段心機給諷刺入裡。〈娥姐〉刻畫故事主角小少爺由懵懂、情竇初開以致最後嫌棄疏離娥姐的心理轉折，通篇寫實而手法細膩。小說描述「我」本來不忍辜負從小對自己一往情深的娥姐，百般苦惱中一看到新交往的同齡女學生，立刻知道「我的靈魂所追慕的是她，娥姐和她比起來，有如晚霞之與晨風。」成長所注定的背棄結局，發展得那麼順理成章，儘管「我」無可奈何，然而在高下立見中，娥姐已成往事。「初戀，是我童年在原野上擷取的一朵小花，上面有露珠也有塵砂，我拾取它又拋棄了它。」鄉下姑娘刻骨銘心的托付，竟是小少爺隨手摘棄的童玩什物。

如果說《在大龍河畔》時期的張秀亞，對鄉俗民情懷抱的是天眞的同情與憐憫，後期的她卻是將之隱藏在人情世故陰暗面的冷靜解剖中。村夫野婦固然有善良溫柔的一面，其自私可鄙的計較也是常情。青年時代的溫情主義已淬煉成通情練達的多層次關照。相較之下，張秀亞文中對於「新青年」的自我省思反倒是嚴格許多。《女兒行》裡的同名短篇，嘲諷一心嚮往成爲作家的文藝少女不顧寡母掛念，毅然決然地離家到多采多姿的大城市，「去流浪，去體驗人生。」結果，「第一日流浪生活的開始，她不知道該做些什麼。」蟄居在吵雜昏闇的小旅館裡，眺望由電線、招牌交錯分割的灰濛城市景象，思忖著何處尋覓「書上寫的那般玄妙生動，美麗曲折的流浪生活。」三天後，她回家了。回到她原來覺得狹隘平凡、庸俗可怕得令人窒息的老家，撲向不敢阻礙女兒「前程」卻思女懷憂的慈母懷中。這篇故事據說是根據張秀亞中學時獨自從天津到北京拜訪文壇名家的切身經歷寫成的。隻身攜一雙兒女來台的作家，中年後書寫年少作爲，不僅孺慕情切，文中對於大陸時期所謂新文化、新生活的追求，委婉間接地提出反省。

至於張秀亞最念茲在茲、關於文學形式的省思，京派敘述技巧已不再能滿足她創新的需求。如前所述，她對歐美現代派文學的醉心使她轉向人物內心的探索。〈靜靜的日午〉代表著她長期實驗後精采的展品。小說的背景發生在一個晴朗的週末午後，故事是說，不，嚴格來說，沒有故事，只有一個沒事找事的中年教師。他家庭幸福，生活安逸順遂，在這個閑適的午后他莫名地需要一些缺憾、一些犯罪，以便激發起心靈的波濤。

想來想去，想到某位中學時代暗戀過的女同學，「他至今遺憾的是，他當時不曾握過她的手。」於是，他企圖給她寫了封信：

「……你知道，我常時感到異樣的孤獨，沒有人了解我……。」才寫到這兒，隔壁又傳來了妻兒的笑聲，那溫柔低沉，充滿母性愛的笑聲，伴奏著響亮如黎明鐘聲的童音，好像在譏諷他：「你這個孤獨的製造者！」他惱恨，在那個愉快的，充滿了笑聲的世界裡，沒有他的份。他悵悵的咬著煙蒂頭，但他卻無法繼續寫下去了，他漠然的垂下頭。

然而，他蠢動的欲念並不能就此平息。他索性尋找到女同學的家門口，遠眺中編織著無數可能的對話，遐思中似乎又清醒地預見她眉目中將藏不住的嘲諷：「呵，這個有妻有子，而又感到生活苦悶的中年男子！」最終是默默返家，苦思生命的意義卻又一無所得。

〈靜靜的日午〉的確深得英美現代派女性文學的精髓。不依附起伏的情節或外在環境的描寫，淨是細寫心靈的躁動、不甘滿足現狀但又不敢犯罪出軌的矛盾。文本裡的男性文人欲求不滿可惜有色無膽，中年危機不是依靠年輕時的浪漫懷想來排遣調適，就是裝模作樣地哲思、寫作。儒弱可笑的行爲，折射出所謂菁英的眞實面貌。

寧靜幸福的家居生活底層，竄流著種種無名的原欲、焦慮、猜忌或恐懼。男性不安於室的另一端，往往是女性的疑慮。收錄於《女兒行》書中的〈晴陰〉，女主角猶似〈靜靜的日午〉的對照版，一樣是寂寥無事的某日裡，女主角陰晴起伏地思想起出差在外的老公，同樣是覺得枯燥乏味的婚姻關係令人窒息。儘管如此，她更擔憂老公離她而去。整篇小說白描閨中少婦徘徊在自我追尋與完全擁有丈夫的時間及愛情的情理衝突心理。婚姻既是戀愛成功的證明，也可能是埋葬愛情的墳墓。男女兩造即使走入家庭，卻還是對訂下白首契約的另一半充滿不安全感。〈白夜〉索性描寫一對夫妻對彼此交付的感情永不滿足、永遠匱乏而孳生的戀人齟齬。最後一本小說集《那飄去的雲》（一九六九）裡的〈不相遇的星球〉，同樣鎖定夫妻關係間的微妙情愫，從細微瑣碎中迂迴探測深微窈冥的人心。

張秀亞自五〇年代中葉起，對英美現當代文學尤其是由珍・奧斯汀（Jane Austen）、曼殊菲爾（Katherine Mansfield）以及吳爾芙（Virginia Woolf）等等女作家文本相當推崇。她持續地在她的文學評論、散文、序言以及訪問裡倡導由日常切片透視靈魂內室的新批評式觀念，她的小說實踐的正是相似的美學。在白先勇、王文興等人還未書寫出最具代表性的台灣現代派小說以前，張秀亞的開拓性與貢獻實在值得我們激賞。有趣的是，少女時期的張秀亞儘管熱愛凌叔華、冰心與廬隱的小說，她對這幾位作家文本中的性別省思或者細節書寫中的顛覆意涵並未特別著意。反而是透過歐美女作家的再閱讀，她的小說輾轉地貼近女性文學的脈絡。可惜自《感情的花朵》與《女兒行》這二部小說代表作出版之後，她的創作重心就轉移到其他的文類和學術研究上。《那飄去的雲》和《藝術與愛情》這二本最後的小說集，都已是選自舊作再增添幾篇新品的改版重刊本。

總括張秀亞小說創作歷程，每個時期都有不同的風格，展現著她各個生命階段的關注與藝術上的求新求變。張秀亞的文學雖然一般被歸類在抒情傳統的路數，她的小說其實哲思性質更爲濃厚。不管是早期的京派鄉土、中期的宗教、愛情，以至後期的心理分析小說，敘述方式或題材選擇儘管迴異，張秀亞似乎都透過書寫在思索信仰、感情與人性的本質。只不過閱歷的增長與閱讀上的涵養，讓她從樂觀純粹的信念、宣揚，到後來能夠哀矜憐憫地直視、剖析七情六慾、曖昧灰黯的禁區。在一篇題爲〈一本傑作〉的評論裡，張秀亞模仿吳爾芙對勃朗特（Charlotte Bronte）的評語轉而稱讚珍・奧斯汀的寫作態度是，「我觀察・我思味・我同情」。事實上，在《感情的花朵》的「前記」裡，張秀亞也曾模仿吳爾芙的讚詞，點明自己的創作主旨正是「我觀察‧我思索‧我同情」。張秀亞與珍‧奧斯汀的異同也許是比較文學研究者未來探討的議題，然而張秀亞的夫子自道的確貼切地詮釋了她個人的小說特質。盛哉斯言。

《張秀亞全集‧小說卷》。國家台灣文學館，二〇〇五年。

INK PUBLISHING 文學叢書 103

像一盒巧克力——當代文學文化評論

作　　者　范銘如
總 編 輯　初安民
責任編輯　陳思妤
美術編輯　張薰方
校　　對　吳美滿　陳思妤　范銘如

發 行 人　張書銘
出　　版　INK 印刻出版有限公司
台北縣中和市中正路 800 號 13 樓之 3
電話：02-22281626
傳真：02-22281598
e-mail:ink.book@msa.hinet.net
法律顧問　林春金律師

總 經 銷　成陽出版股份有限公司
訂購電話：02-22256562
訂購傳真：02-22258783
http://www.sudu.cc
郵政劃撥　19000691 成陽出版股份有限公司
門市地址　106 台北市新生南路三段 96-4 號 1 樓
門市電話　02-23631407
印　　刷　海王印刷事業股份有限公司

出版日期　2005 年 10 月 初版
ISBN 986-7420-89-6
定價　220 元

國家圖書館出版品預行編目資料

像一盒巧克力：
當代文學文化評論
／范銘如 著.－－初版，
－－臺北縣中和市：INK 印刻，
2005〔民 94〕面；　公分（文學叢書；103）
ISBN　986-7420-89-6（平裝）
1.文學-評論
812　　　94016643

K INK INK INK INK INK INK
INK INK INK INK INK INK IN
K INK INK INK INK INK INK
INK INK INK INK INK INK IN
K INK INK INK INK INK INK
INK INK INK INK INK INK IN
K INK INK INK INK INK INK
INK INK INK INK INK INK IN
K INK INK INK INK INK INK
INK INK INK INK INK INK IN
K INK INK INK INK INK INK
INK INK INK INK INK INK IN
K INK INK INK INK INK INK
INK INK INK INK INK INK IN
K INK INK INK INK INK INK
INK INK INK INK INK INK IN
K INK INK INK INK INK INK
INK INK INK INK INK INK IN
K INK INK INK INK INK INK
INK INK INK INK INK INK IN
K INK INK INK INK INK INK
INK INK INK INK INK INK IN
K INK INK INK INK INK INK
INK INK INK INK INK INK IN
K INK INK INK INK INK INK